文学常识丛书

诗中情

翟民　主编

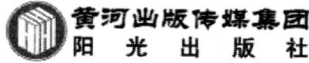

黄河出版传媒集团
阳 光 出 版 社

图书在版编目（CIP）数据

诗中情 / 翟民主编. -- 银川：阳光出版社，
2016.6（2020.12重印）
（文学常识丛书）
ISBN 978-7-5525-2763-6

Ⅰ.①诗… Ⅱ.①翟… Ⅲ.①古典诗歌－诗歌欣赏－
中国－青少年读物 Ⅳ.①I207.2-49

中国版本图书馆CIP数据核字(2016)第170137号

文学常识丛书　诗中情　　　　　　　　　　　翟民　主编

责任编辑　金小燕
封面设计　民谐文化
责任印制　岳建宁

黄河出版传媒集团
阳　光　出　版　社　出版发行

出 版 人　薛文斌
地　　址　宁夏银川市北京东路139号出版大厦（750001）
网　　址　http：//www.ygchbs.com
网上书店　http：//www.shop129132959.taobao.com
电子信箱　yangguangchubanshe@163.com
邮购电话　0951-5047283
经　　销　全国新华书店
印刷装订　河北燕龙印刷有限公司
印刷委托书号　（宁）0019165

开　　本　710 mm×1000 mm　1/16
印　　张　10.5
字　　数　126千字
版　　次　2016年11月第1版
印　　次　2021年1月第2次印刷
书　　号　ISBN 978-7-5525-2763-6
定　　价　31.50元

前　言

　　源远流长的中华五千年文化,滋养着生生不息的中华民族。那些饱含圣贤宗师心血的诗歌、散文,历经了发展和不断地丰富,融入了中华民族的血脉,铸就了中华民族的脊梁,毋庸置疑地成为宝贵的文化遗产、永恒的精神食粮、灿烂的智慧结晶。然而受课时篇幅所限,能够收入到中小学教科书的经典作品必定是极少数。为此,我们精心编辑了这一套集古代经典诗歌分类赏析、古代经典散文分类赏析为一体的《文学常识丛书》。

　　本套丛书包括:古代经典诗歌分类赏析共十册——《诗中水》《诗中情》《诗中花》《诗中鸟》《诗中雨》《诗中雪》《诗中山》《诗中日》《诗中月》《诗中酒》;古代经典散文分类赏析共十册——《物华风清》《人和政通》《诙谐闲趣》《情规义劝》《谈古喻今》《修身养性》《奇谋韬略》《群雄争锋》《逝者如斯》《天下为公》。

　　读古诗,我们会发现诗人都有这样一个特征——托物言志。如用"大鹏展翅""泰山绝顶"来抒发自己对远大抱负的追求,用"梅兰竹菊""苍松劲柏"来表达自己对崇高品格的追慕;用"青鸟红豆""鸿雁传书"寄托相思,用"阳关柳色""长亭古道"排解离愁,用"浮云"来感慨人生无常、天涯漂泊,用"流水"来喟叹时光易逝、岁月更替,用"子规"反映哀怨,用"明月"象征思念……总之,对这些本没有思想感情的自然物,古代诗人赋予它们以独特的寓意,使之成为古诗中绚丽多彩的意象。正是这些意象为古诗增添了无穷的魅力。

　　古典散文同样也散发着艺术的光辉,但更引人瞩目的是它所蕴含的思想精华,或纵论古今,或志异传奇,或微言大义,或以小见大,读后不禁让我们对古人睿智的思想和优美的文笔赞叹不已。

　　希望能通过这套丛书,使广大中学生对祖国光辉灿烂的文化遗产有一个更深刻的认识。

编者

目　录

作品简介

　　《诗经》约在公元前六世纪中叶编纂成书。其中的民歌多为劳动人民口头创作，由"行人振木铎洵于路以采诗，献之太师，以其音律、以闻天子。"也有一些为文人"献诗"而得。它是我国第一部诗歌总集。共收作品 305 篇，分为"风""雅""颂"三部分，都因音乐得名。"风"是地方乐调，收录了当时 15 个诸侯国的民歌；"雅"分大雅、小雅，多为贵族所作的乐章；"颂"是用于宗庙祭祀的乐歌。据说是由儒家创始人孔子编定的。

燕 燕

燕燕①于飞,差池其羽②。

之子于归,远送于野。

瞻望弗及,泣涕如雨。

燕燕于飞,颉之颃③之。

之子于归,远于将④之。

瞻望弗及,伫⑤立以泣。

燕燕于飞,下上其音。

之子于归,远送于南⑥。

瞻望弗及,实劳我心。

仲氏任只⑦,其心塞渊⑧。

终温且惠⑨,淑慎⑩其身。

先君⑪之思,以勖寡人⑫。

文学常识丛书

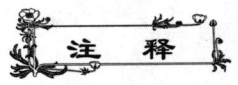

①燕燕:即燕子燕子。

②差(cī)池(chí)其羽:义同"参差",形容燕子张舒其尾翼。

③颉(xié):上飞。 颃(háng):下飞。

④将(jiāng):送。

⑤伫(zhù):久立等待。

2

⑥南：指卫国的南边，一说野外。

⑦仲：排行第二。氏：姓氏。任：姓。只：语助词。

⑧塞（sè）：诚实。渊：深厚。

⑨终：既，已经。惠：和顺。

⑩淑：善良。慎：谨慎。

⑪先君：已故的国君。

⑫勖（xù）：勉励。寡人：寡德之人，国君对自己的谦称。

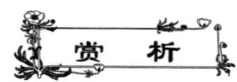 赏　析

《燕燕》是《诗经》中极优美的抒情篇章，中国诗史上最早的送别之作。论艺术感染力，宋代许顗赞叹为"真可以泣鬼神！"论影响地位，王士禛推举为"万古送别之祖"（《带经堂诗话》）。吟诵诗章，体会诗意，实令人怅然欲涕。

前三章开首以飞燕起兴："燕燕于飞，差池其羽""颉之颃之""下上其音"。《朱子语类》赞曰："譬如画工一般，直是写得他精神出。"我们可以想象出阳春三月、群燕飞翔、翩跹上下、呢喃鸣唱的美丽景色。然而，诗人用意不只是描绘一幅"春燕试飞图"。而是以燕燕双飞的自由欢畅，来反衬同胞别离的愁苦哀伤。此所谓"譬如画工""写出精神"。明代陈舜百《读风臆补》曰："'燕燕'二语，深婉可诵，后人多许咏燕诗，无有能及者。"不可及处，正在于兴中带比，以乐景反衬哀情，故而"深婉可诵"。

接着点明事由："之子于归，远送于野。"父亲已去世（下文可证），妹妹又要远嫁，同胞手足今日分离，"别时容易见时难"（南唐李煜《浪淘沙》），此情此境，依依难别。"远于将之""远送于南"，相送一程又一程，更见离情别绪之黯然。

然而,千里相送,总有一别。远嫁的妹妹终于遽然而去,深情的兄长仍依依难舍。于是出现了最感人的情境:"瞻望弗及,泣涕如雨""伫立以泣""实劳我心"。先是登高瞻望,虽车马不见,却行尘时起;后是瞻望弗及,唯伫立以泣,伤心思念。真是兄妹情深,依依惜别,缠绵悱恻,鬼神可泣。前人对此,极为称赞。清人陈震《读诗识小录》说:"哀在音节,使读者泪落如豆,竿头进步,在'瞻望弗及'一语。"以"瞻望弗及"的动作情境,传达惜别哀伤之情,不言怅别而怅别之意溢于言外,此确为会心之言。

这三章重章复唱,既易辞申意,又循序渐进,且乐景与哀情相反衬;从而把送别情境和惜别气氛,表现得深婉沉痛,不忍卒读。

为何兄长对弟妹如此依依难舍?四章由虚而实,转写被送者。原来二妹非同一般,她思虑切实而深长,性情温和而恭顺,为人谨慎又善良,正是自己治国安邦的好帮手。你看,她执手临别,还不忘赠言勉励:莫忘先王的嘱托,成为百姓的好国君。这一章写人,体现了上古先民对女性美德的极高评价。在写法上,先概括描述,再写人物语言;静中有动,形象鲜活。而四章在全篇的结构上也有讲究,前三章虚笔渲染惜别气氛,后一章实笔刻画被送对象,采用了同《采蘋》相似的倒装之法。

《燕燕》之后,"瞻望弗及"和"伫立以泣"成了表现惜别情境的原型意象,反复出现在历代送别诗中。"伫立以泣"的"泪",成为别离主题赖以生发的艺术意象之一。谢翱《秋社寄山中故人》"燕子来时人送客,不堪离别泪湿衣",可谓对《燕燕》诗境最简当的概括。"瞻望弗及"的惜别情境,则被历代诗人化用于不同的送别诗中。如李白用于朋友惜别,苏轼用于兄弟惜别,张先用于情侣惜别。《燕燕》一诗,确为万古送别之祖。

绝妙佳句

瞻望弗及,泣涕如雨。

作品简介

　　《汉乐府民歌》收集了公元前 221 年到汉魏六朝时期公元 420 年间的大部分民歌,作品大都出于社会下层群众之口,"感于哀乐,缘事而发",表达了人民自己的心声,道出了人民自己的爱和憎。乐府民歌题材范围很广泛,它使我们可以比较真切地看到汉代的社会面貌和实质。

客从远方来

客从远方来，遗我一端绮①。

相去万余里，故人心尚尔②！

文彩双鸳鸯③，裁为合欢被④。

著以长相思⑤，缘以结不解⑥。

以胶投漆中，谁能别离此⑦？

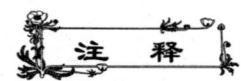

①端：犹如"匹"。古人以二丈为一"端"，二端为一"匹"。绮（qǐ）丝织物。

②故人：古时习用于朋友，此指久别的"丈夫"。尔：如此。这两句是说尽管相隔万里，丈夫的心仍然一如既往。

③鸳鸯：匹鸟。古诗文中常用以比夫妇。这句是说绮上织有双鸳鸯的图案。

④合欢被：被上绣有合欢的图案。合欢被取"同欢"的意思。

⑤著：往衣被中填装丝绵叫"著"。绵为"长丝""丝"的谐音是"思"，故云"著以长相思"。

⑥缘：饰边，镶边。这句是说被的四边缀以丝缕，使连而不解。缘与"姻缘"的"缘"音、义并同，故云"缘以结不解"。

⑦别离：分开。这两句是说，我们的爱情犹如胶和漆粘在一起，任谁也无法将我们拆散。

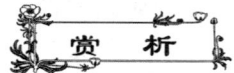

此诗描写了一位思妇意外的喜悦和痴情的浮想。这喜悦是与远方客人的突然造访同时降临的：客人风尘仆仆，送来了一端织有文彩的绮，并且郑重其事地告诉女主人公，这是她夫君特意从远方托他捎来的。女主人公不禁又惊又喜，喃喃而语曰："相去万余里，故人心尚尔"！一端（一丈）文彩之绮，本来也算不得怎样珍贵，但它从"万里"之外的夫君处捎来，便带有了非同寻常的意义：那丝丝缕缕，包含着夫君对她的关切和惦念之情！女主人公能不睹物而惊、随即喜色浮漾？

意外地得到夫君的赠绮，那"千思万想而不得一音"的疑惧便烟消云散。但伴随女主人公的惊喜而来的，还有那压抑长久的凄苦和哀伤。张庚称"故人心尚尔"一句"直是声泪俱下""不觉兜底感切"，正体味到了诗行之间所传达的这种悲喜交集之感（见《古诗十九首解》）。

适应着这一情感表现特点，此诗开篇也一改《古诗十九首解》常从写景入手的惯例，而采用了突兀而起、直叙其事的方式。恐怕正是为了造成一种绝望中的"意外"之境，便于更强烈地展示女主人那交织着凄苦、哀伤、惊喜、慰藉的"感切"之情——这就是开篇的妙处。

自"文彩双鸳鸯"以下，诗情又有奇妙的变化：当女主人公把绮缎展开一瞧，又意外地发同，上面还织有文彩的鸳鸯双栖之形！鸳鸯双栖，历来是伉俪相偕的美好象征。夫君之特意选择彩织鸳鸯之绮送她，不正倾诉着愿与妻子百年相守的热烈情意么？女主人公睹绮思夫，不禁触发起联翩的浮想：倘若将它裁作被面，不可以做条温暖的"合欢被"吗？再"著以长相思，缘以结不解",该多么惬人心意！"著"有"充实"之意,"缘"指被之边饰。床被内须充实以丝绵,被缘边要以丝缕缀结,这是制被的常识。但在痴情的女主人公心中,这些平凡的事物,都获得了特殊的含义:"丝绵"使她联想到男女相思的绵长无尽;"缘结"暗示她夫妻之情永结难解。这两句以谐音双关之语,把女主人公浮想中的痴情,传达得既巧妙又动人！制成了"合欢被",夫君回来就可以和她同享夫妇之乐了。那永不分离的情景,使女主人公喜气洋洋,不禁又脱口咏出了"以胶投漆中,谁能别离此"的奇句。"丝绵"再长,终究有穷尽之时;"缘结"不解,终究有松散之日。这世上惟有"胶"与"漆",粘合固结,再难分离。那么,就让我与夫君像胶、漆一样投合、固结吧,看谁还能将我们分隔！这就是诗之结句的奇思、奇情。前人称赞此结句"语益浅而情益深"。女主人公的痴情,竟是如此深沉和美好呵！

初读起来,《客从远方来》所表现的,就是上述的喜悦和一片痴情。全诗的色彩很明朗;特别是"文彩双鸳鸯"以下,更是奇思、奇语,把诗情推向了如火似锦的境界。但读者是否注意到:当女主人公欢喜地念叨着"以胶投漆中,谁能别离此"的时候,她恰恰正陷于与夫君"万里"相隔的"别离"之中？以此反观全诗,则它所描述的一切,其实都不过是女主人公的幻想或虚境罢了！又何曾有远客之"来",又何尝有彩"绮"之赠？倘若真能与夫君"合欢",她又何必要在被中"著"以长相之思,缘以不解之结？于不合欢时作合欢,口里是喜,心里是悲。更"著以长相思,缘以结不解"。可见"别离"者现已别离,"一端绮"是悬想,"合欢被"乌有也。如此看来,此诗所描述的意外喜悦,实蕴含着夫妇别离的不尽凄楚,痴情奇思！

绝妙佳句

以胶投漆中,谁能别离此。

作者简介

　　鲍照(414—466 年)，字明远，东海(今江苏涟水县)北人。他出身寒微，在南朝门阀制度森严的社会里，他一生备受压抑。因曾做过海王刘子顼的前军参军，故世称"鲍参军"。

　　鲍照的诗歌在同时代的谢灵运、颜延之等元嘉诗人的作品中成就最高。他继承了汉乐府"感于哀乐，缘事而发"的传统精神，运用乐府、拟古的形式，创作了不少五言、七言乐府诗，其内容以抒发怀才不遇的抑郁之情为主。他还写了不少以边塞生活和人民疾苦为内容的诗篇，俊逸奔放，感情充沛，语言遒劲，形象鲜明，在当时流于纤弱的诗坛中别树一帜，对唐代李白、高适、岑参等诗人有很大的影响。《鲍参军集》十卷为其代表作。

行路难(节选)

君不见少壮从军去,白首流离不得还。

故乡窅窅①日夜隔,音尘断绝阻河关。

朔风萧条白云飞,胡笳②哀急边气寒。

听此愁人兮奈何! 登山远望得留颜。

将死胡马迹,能见妻子难。

男儿生世坎坷欲③何道! 绵忧④摧抑⑤起长叹。

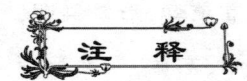

①窅窅(yǎo):遥远。

②胡笳(jiā):即马头琴,蒙古族特有的乐器。

③坎坷:车行不利,引伸为人生艰难。

④绵忧:绵长不绝的忧愁。

⑤摧:悲。抑:压抑。

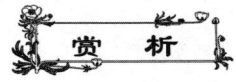

著名诗人鲍照的《行路难》诗共有十八首,这里所选的是其中的第十四首。此诗写一个出征在外老兵的遭遇及情感,从而揭露战乱给平民百姓造

成的沉重灾难。

开头两句，直言老兵"少壮从军"，直至"白首"仍流离在外，不得回家。此处，"白首"与"少壮"想对照；"不得还"与"从军去"相对应。这与汉乐府《十五从军征》的开头两句同中有异，异中有同。说同，这两首诗中的两个老兵，都是年少时就从军了。对此，《十五从军征》直言"十五从军征"，《拟行路难》则明说"君不见少壮从军去"。而且，二者均采用了对照与呼应的表现手法。说异，一个老兵在年老时得以回家："八十始得归"；而另一个老兵则仍流离在外，不得回家："白首流离不得还"。但这异中也有同，也就是两个老兵的命运都是凄惨的。

正因为"少壮从军""白首流离不得还"，老兵对故乡与亲人的思念是刻骨铭心的。从第三句开始作者对此做了集中的描绘。"故乡"两句，写老兵日夜思念故乡。诗人先以"窅窅"二字形容老兵的故乡与老兵从军所到之处相距遥远，突出一个"远"字；又以"日夜隔"三字突出一个"隔"字。一方面表明老兵与故乡的离别时间之久，另一方面暗示老兵对故乡的思念时间之久；再以"河关"二字比喻路途阻隔，续写一个"隔"字，突出一个"难"字；而"音尘断绝"四字则写足了老兵日思夜念故乡的原因。这两句有景有情，情景交融。

"朔风"四句，诉诸视觉、听觉、触觉，以意象组合来续写其思念故乡的愁情。"朔风"与"白云"，两个意象分别诉诸触觉与视觉，各以"萧条"与"飞"加以描绘，以此衬托老兵的愁情，恰到好处。"胡笳"与"边气"，两个意象分别诉诸听觉与触觉。诗人以"哀急"状写"胡笳"之声，当是以哀景衬托哀情；以"寒"反映"边气"，既实写"边气"给人的肌体之寒，又映衬老兵思念故乡却"不得归"的心头之寒。唯其如此，老兵才感到无可奈何。诗中的"听此愁人兮奈何"，直接引用屈原诗句"愁人兮奈何，愿若今兮无亏"中的前一句，状写老兵的无奈，如同己出，不着痕迹。无奈之下，老兵只得"登山远望",希望能借此排解心头之愁,保留好自己的容颜,所谓"得留颜"。可"此情无计可消除",又岂是"登山远望"所能解决的?这几句,视线由天上转至地上,内容由写景抒情转为描写人物的动作抒情,化无形为有形,从中可看出诗人运用写作技法的娴熟。

"将死"两句,由上文写老兵对故乡的思念归结为对妻子的怀恋。此处,写老兵设想自己将死在"胡马迹",也即他从军所到之处,究竟将死于何种原因,并未明言,但读者完全可以推断出其原因不外乎两种:一是老死,一是战死。一方面是老兵"将死胡马迹",另一方面是他"能见妻子难",二者对比强烈。老兵对妻子的怀恋未随时光的流逝而淡化,而是与日俱增。他推想自己将客死异乡,却无法在死前与妻子再见上一面。这是多么悲哀的事啊!

于是,诗的结句直抒胸臆:"男儿生世坎坷欲何道?绵忧摧抑起长叹。"老兵面对自己坎坷的生世无可奈何,只能将心头无尽的边愁乡思化成长长的慨叹!弦外之音:身处如此社会,遭遇无休止的战乱,即便是热血男儿又能怎样?何况是"白首不得还"的老兵呢?悲哀之中分明蕴涵着老兵与诗人对社会现实的不满!

绝妙佳句

　　君不见少壮从军去,白首流离不得还。

作者简介

　　江淹(444—505 年),南朝文学家,字文通。祖籍济阳考城(今河南兰考东)。祖父和父亲都在南朝宋任县令。江淹 6 岁能诗,13 岁丧父。家境贫寒,曾采薪养母。20 岁左右教宋始安王刘子真读"五经",早年即以其辞赋风格清丽著名于时,并一度在新安王刘子鸾幕下任职。少帝萧昭业即位,他任御史中丞。明帝萧鸾时,又任宣城太守、秘书监诸职。梁武帝萧衍代齐后,官至金紫光禄大夫,封醴陵伯。今传《江醴陵集》二卷。

古离别

远与君别者,乃至雁门关。

黄云①蔽千里,游子何时还?

送君如昨日,檐则露已团。

不惜蕙草晚,所悲道里寒②。

君在天一涯,妾身长别离。

愿一见颜色,不异琼树枝③。

菟丝及水萍,所寄终不移④。

文学常识丛书

注释

①黄云:言尘埃和云相连而黄。这句写塞外景象。

②以上二句言所悲不为感时而是怀远。檐(yán):房屋的边角。

③琼树枝:传说中仙山上的树。

④末二句言以菟(tù)丝寄树、萍寄水。不能移借,比喻人的忠贞。

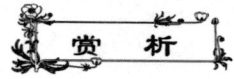
赏析

江淹擅长模仿前人之作,曾作《杂体诗三十首》来模拟汉魏晋宋诸家的代表作。本篇即为其中的第一首,写思妇怀人。

诗人巧妙地将过去、现实与未来交织起来,把思妇的一片情思写得深婉缠绵。开头四句回忆当初惜别情景,接着一句"送君如昨日",思绪又回到现实中。惜别的情景还历历在目,但时光已在不知不觉中流逝了,诗人用"露团""蕙草晚""道里寒"等景物来说明夏去秋来。

值得注意的是"不惜蕙草晚,所悲道里寒"二句。在相思中红颜褪尽,岂能"不惜"?之所以"不惜",是为了"所悲"。她牵挂游子的冷暖,"不惜"红颜憔悴。这两句诗把思妇委婉深沉的感情进步揭示出来。接着,诗人从"长别离"的现实生发出"愿一见颜色"的期待,并发出"所寄终不移"的誓言。她怀着一颗忠贞的心,盼望重逢。全诗写得笔致婉曲,风情摇曳。

黄云蔽千里,游子何时还?

诗中情

作者简介

　　谢朓(464—499 年)，字玄晖，陈郡阳夏（今河南大康年）人。曾任宣城太守，尚书吏部郎，世称"谢宣城"。其诗学谢灵运，风格清新秀逸，为当时人所爱重。梁武帝称："不读谢诗三日觉口臭。"有《甜宣城集》五卷传世。

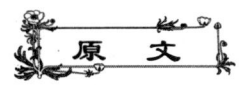

晚登三山还望京邑①

灞涘望长安②,河阳视京县③。

白日丽飞甍④,参差皆可见⑤。

馀霞散成绮⑥,澄江静如练⑦。

喧鸟覆春洲⑧,杂英满芳甸⑨。

去矣方滞淫⑩,怀哉罢欢宴⑪。

佳期怅何许⑫,泪下如流霰⑬。

有情知望乡,谁能鬒不变⑭?

①本诗作于建武二年(495年)作者离京城外任宣城太守途中,写登上三山时回望京城和大江的美景而引发的乡情愁思。写景视野开阔,绚丽多姿。三山,山名,在今南京市西南长江南岸,上有三峰。京邑,京城建康。

②灞涘(bà sì):灞水之岸。灞,水名,在今陕西。涘,岸。王粲离长安赴荆州避乱时,作《七哀诗》:"南登霸陵岸,回首望长安。"

③"河阳"句:潘岳任河阳(在今河南)县令时,作《河阳诗》:"引领望京室。"京县,指洛阳。以上两句借王、潘二人望京以自况。

④丽:使绚丽。飞甍(méng):凌空如飞的屋檐。

⑤参差：错落不齐。

⑥绮：有美丽花纹的丝织品。

⑦练：白绢。

⑧覆：遮盖。春洲：春天江中的小洲。

⑨杂英：各种花卉。甸：郊野。

⑩方：将。滞淫：停留。

⑪怀哉：《诗经·王风·扬之水》："怀哉怀哉！曷月予旋归哉！"怀，想念。罢：止。

⑫佳期：指回乡日期。诗人出生于建康，故视京都为故乡。怅：惆怅。何许：如何。指不知有多少。

⑬霰(xiàn)：小雪粒。

⑭鬒(zhěn)：黑发。

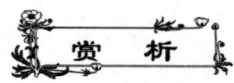

赏析

这首诗写登山临江所见到的春晚之景以及遥望京师而引起的故乡之思。诗歌的前八句写他登山所望见的景色。其中"余霞散成绮，澄江静如练"是千古传诵的名句，诗人用"余""散""澄""静"等字把黄昏天空和春江上的佳景秀色生动地描写出来，真有思侔造化之妙。然后诗人把眼光落到那花草繁茂的郊外："喧鸟覆春洲，杂英满芳甸。"诗人用"喧"和"覆"字写出了日落时飞鸟纷纷投林的景色，而"杂"和"满"字则写出了群芳怒放的情形。在诗人笔下，白日、飞甍、晚霞、江水、喧鸟、杂英构成了一幅绚丽多彩的图画。

诗歌的后半部抒发诗人去国怀乡的怅惘之情。归期渺茫，日夜思乡，诗人的头发怎能不斑白呢？诗歌围绕着"望"字着墨，章法严谨。

诗歌对仗精工,讲求声律,与唐代律诗相近,所以后人说他"诗变有唐风"。

有情知望乡,谁能鬒不变?

诗中情

作者简介

何逊(466—518年),字仲言,东海郯(今山东省郯城县西年)人。8岁能赋诗。少时被范云赏识,结为忘年交。范称何诗"能含清浊,中今古"。累官至卢陵王记室。有《何水部集》。何诗不多,风格清冷,足成家数。

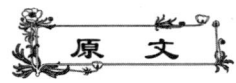

下方山①

寒鸟树间响,落星川际浮。

繁霜白晓岸,苦雾黑晨流。

鳞鳞②逆去水,弥弥③急还舟。

望乡行复立,瞻途近更修④。

谁能百里地,萦绕⑤千端愁。

诗中情

21

①方山:今山东长清县东南。

②鳞鳞:水波荡漾之状。

③弥弥:水势盛大之状。

④修:远。

⑤萦(yíng)绕:缠绕。

赏 析

清人沈德潜说:"水部名句极多,然渐入近体,本篇即一例。"诗歌的前六句写破晓前的山川景致。正是黎明时分,光线朦胧,只能听见树林里的宿鸟振翅作响,即将隐没的星星倒影在河水的波光中浮动;露色浓重,河岸野坡上呈现一片白色,雾气弥漫,清晨的河水显得黑沉沉的。波光粼粼,江水滔滔,小舟载着归乡的游子逆流而上。这六句诗生动地描绘了一幅秋江晓行图。"寒鸟"之响,"落星"之浮,"繁霜"之白,"若雾"之黑,静中有动,有声有色,表现了诗人细致入微的观察力。而"逆去水""急还舟"则透出诗人归心似箭的感情。诗歌的后四句转入直接抒怀,生动地刻画了诗人归途将尽、乡情弥重的情态,令人仿佛看见诗人坐立不宁、翘首企盼的身影。

这首诗音韵谐美,笔致淡雅,情景宛在。尤其是"鳞鳞逆去水,弥弥急还舟。"一句中两处的重叠字用得生动形象。正如陆时雍所评:"语语实际,了无滞色。其探景每人幽微,语气悠柔,读之殊不尽缠绵之致。"

绝妙佳句

鳞鳞逆去水,弥弥急还舟。

文学常识丛书

作者简介

　　吴均(469－520 年),字叔庠,吴兴故鄣(今浙江安吉)人。家贫好学,曾任奉朝请。因私撰《齐春秋》免官,后奉诏撰《通史》,未成而卒。工于写景,文辞清拔,时人效之,号曰"吴均体"。

别王谦诗①

严光②不逐世,流转任飞蓬。

欲还天台岭③,不狎甘泉宫④。

离歌玉弦绝,别酒金卮空。

倘遗故人念,仆在东山⑤东。

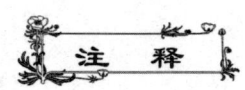

①王谦:诗人好友,生平事迹不详。

②严光:东汉时人。幼时曾与光武帝刘秀同游。刘秀即帝位后,严光隐姓埋名,不肯出仕,刘秀授予谏议大夫之职,也坚辞不就。后隐于富春山。

③天台岭:在浙江省天台县。

④甘泉宫:汉代著名宫苑。

⑤仆:诗人自称。东山:东晋谢安退居之处。

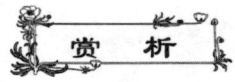

本篇虽是赠别之作,却无"黯然销魂"的悲凉意绪,笔意洒脱,声调宏亮,读起来朗朗上口,别具一格。

文学常识丛书

诗歌的前四句将王谦比作东汉隐士严光。严光当年不愿追逐世俗的功名富贵，宁愿像蓬草般任意飘转流徙；他不肯应刘秀的诏请，到甘泉宫去过金紫玉带、朝歌夕舞竽享乐生活，却宁愿隐居富春山，渔钓自乐。诗人借赞美严光，对友人隐逸不仕、甘于贫贱的情操表示赞许。对友人此举的理解和钦慕，冲淡了离别的哀伤。因此临别之际诗人不作儿女沾襟之态，而是高唱离歌，痛饮美酒。歌声高昂激越，使玉弦为之断绝；举杯畅欲，使金卮屡屡空竭。狂歌豪饮送友人的举止，充分表现了诗人性格中豪的一面。最后诗人暗示自己也将隐于山林，期待在东山与友人重聚。"倘遗故人念，仆在东山东"一语说得平平淡淡，却有无限情意蕴于其中。

诗中情

倘遗故人念，仆在东山东。

作者简介

　　庾信（513—581 年），字子山。祖籍南阳新野（今属河南年）人。初仕梁，后出使西魏，官至骠骑大将军、开府仪同三司，世称"庾开府"。博学多才，擅长诗文，所著多身世之感、故国之思，风格苍凉沉郁，深受杜甫推崇。有《庾子山集》传世。

文学常识丛书

寄王琳①

玉关②道路远,金陵信使疏。

独下千行泪,开君万里书③。

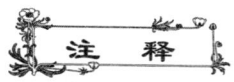
①王琳:字子珩,平侯景有功。当元帝迁都江陵,为萧祭所败,敬帝立于建业,又被陈霸先篡位。王琳西攻岳阳,东拒霸先,为梁室的忠臣。

②玉关:玉门关,在令甘肃省敦煌县西。

③书:信。

诗中情

27

赏 析

这是一首写接到远方朋友来信后激动心情的诗。"万里书"与"千行泪"互相联系,紧密相关。朋友书信来自万里之外,足见深情厚谊,怎能不为之感激涕零!进一步想到自己远离故国,不能与亲朋相聚,就更难以遏制内心的悲痛。"千行泪"是由"万里书"引起的。这两句在声律安排上与后来的律句相同,可看作近体诗萌芽时期的产物。

梁亡后,王琳在郢城练兵,志在为梁雪耻,作书与庾信。庾信感慨不已,作此诗回覆。前两句言南北道远,音讯疏隔。言外之意:今日居然接到故人书信，不胜惊喜。后二句写拆阅书信时的心情。王琳怀雪耻之志，可以想象信中满纸慷慨悲壮之词，使诗人深受感动，为之下泪。

此诗言短意长，耐人回味。诗人为何拆书下泪？是有感于故人万里寄书的情谊？还是触动了悠悠乡思？或是感慨于故人的忠烈之情，而羞惭于自己的苟全？诗中均未言明。无限话语尽在潸然而下的"千行泪"中了！

绝妙佳句

独下千行泪，开君万里书。

文学常识丛书

作者简介

　　骆宾王(约 640—684 年)唐代文学家,著名诗人。骆宾王年少才高,浪小就喜爱文学。他善于从一个天真活泼孩子的角度去观察事物,抓住特征去描绘,他的《咏鹅》一诗素来脍炙人口。

　　骆宾王自小就胸怀建功立业的远大抱负,天生一副侠肝义胆。但他一生坎坷,曾经担任过长安主薄,不久因罪入狱,贬临海丞,郁郁不得忘,弃官而去。后来他协助涂敬业讨伐武则天起草的《代涂敬业转交天下文》名扬天下,连武则天本人也感叹说:"这样有才能的人得不到重用,让他流落,宰相的过错不小呀!"他于王勃、杨炯、卢照邻一起,被人们称为"初唐四杰"。有《骆宾王文集》遗世。

易水送别

此地别燕丹①,壮士②发冲冠。

昔时人已没,今日水犹寒③。

①燕丹:燕太子丹。他叫荆轲去刺秦始皇,在易水地方送别。

②壮士:指荆轲。

③水犹寒:太子丹送荆轲,别于易水。荆轲接剑而歌曰:"风萧萧兮易水寒,壮士一去兮不复还"。

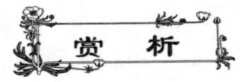

从诗题上看。这是一首送别诗。从诗的内容上看,这又是一首咏史诗。诗人在送别友人之际,发思古之幽情,表达了对古代英雄的无限仰慕,从而寄托他对现实的深刻感慨,倾吐了自己满腔热血无处可洒的极大苦闷。

"此地别燕丹,壮士发冲冠",这两句通过咏怀古事,写出了诗人送别友人的地点。此地指易水,易水源自河北易县,是战国时燕国的南界。壮士指荆轲,战国卫人,刺客。《史记·刺客列传》载,荆轲为燕太子丹复仇,奉命入秦刺杀秦王,太子丹和众宾客送他到易水岸边。临别时,荆轲怒发冲冠,慷慨激昂地唱《易水歌》:"风萧萧兮易水寒,壮士一去兮不复还!"然后义无反顾,勇敢地启程。这位轻生重义、不畏强暴的社会下层英雄人物,千百年来一直活在人们的心中,受到普遍的尊敬和爱戴。诗人骆宾王长期怀才不遇,佗傺失志,亲身遭受武氏政权的迫害,爱国之志无从施展,因而在易水送友之际,自然地联想起古代君臣际会的悲壮故事,借咏史以喻今,为下面抒写怀抱创造了环境和气氛。

"昔时人已没,今日水犹寒"两句,是怀古伤今之辞,抒发了诗人的感慨。昔时人即指荆轲。荆轲至秦庭,以匕首击秦王未中,被杀。这两句诗是用对句的形式,一古一今。一轻一重,一缓一急,既是咏史又是抒怀,充分肯定了古代英雄荆轲的人生价值,同时也倾诉了诗人的抱负和苦闷,表达了对友人的希望。诗人感怀荆轲之事,既是对自己的一种慰藉,也是将别时对友人的一种激励。

这首诗的中心在第四句,尤其是诗尾的"寒"字,更是画龙点睛之笔。"寒"字,寓情于景,以景结情,因意构象,用象显意。景和象,是对客观事物的具体描绘,情和意,是诗人对客观对象在审美上的认识和感受。这首诗题为送别,可又没有交待所别之人和所别之事,全诗纯为咏史抒怀之作。但吟诵全诗,那种"慷慨倚长剑,高歌一送君"的壮别场景如在目前。易水跨越古今,诗歌超越了时空,全诗融为一体。一古一今,一明一暗,两条线索,同时交待,最后统一在"今日水犹寒"的"寒"字上,诗的构思是极为巧妙的。

这首诗以强烈深沉的感情,含蓄精炼的手法,摆脱了初唐委靡纤弱的诗风影响,标志着唐代五言绝句的成熟,为唐诗的健康发展开拓了道路。

绝妙佳句

此地别燕丹,壮士发冲冠。

作者简介

　　杜审言（约 648—708 年），初唐的一位重要诗人，杜甫的祖父。他的诗以浑厚见长，精于律诗，尤工五律，与同时的沈佺期、宋之问齐名。他对律诗的定型作出了杰出的贡献，由此也奠定了他在诗歌发展史中的地位。

和晋陵陆丞早春游望

独有宦游人，偏惊物候新①。

云霞出海曙，梅柳渡江春。

淑气②催黄鸟，晴光转绿苹。

忽闻歌古调③，归思欲沾巾。

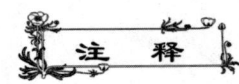注释

①宦游人：离家做官的人。物候：指自然界的气象和季节变化.

②淑气：春天和暖的气候。

③古调：有古诗格调的作品，指陆丞的原作。

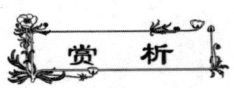赏析

晋陵即郡名，治所在今江苏常州市。陆丞，作者友人，不详其名，时为晋陵郡丞。《早春游望》是陆丞所作的诗，本篇是唱和之作。

清人王夫之《姜斋诗话》指出："近体，梁陈已有，至杜审言而始叶于度"。杜审言的五言律诗，格律严整，音韵谐美，章法井然，意境深远，语言清丽自然，称得上是这种新兴诗体的典范作品。本诗就是其中较有代表性的一篇。

文学常识丛书

全诗因物兴感,写自己宦游他乡,辜负春光,不能归家的伤痛之情。从通篇来看,作者用的是即景抒情的常格,但开头却不落俗套,偏不从自然景物起笔,而是从自身写起.首句"独有宦游人"突出了诗人作为一个异乡游子与本地欣赏春光者迥然不同,为下文伤春蓄足了势头。《唐诗别裁集》评此句为"警健"。高步瀛《唐宋诗举要》也引纪昀的话评论说:"起句警拔,入手即撇过一层,擒题乃紧,知此自无通套之病"。所论皆确。次句"偏惊物候新",高度概括,涵盖全篇,堪称"诗眼"。其中"偏"字呼应首句的"独"字,"惊"字感情色彩更浓,显得生辣而警醒。"偏""惊"合用,点明了多情的诗人对自然景物特有的敏感,所谓"伤心人别有怀抱",诗的主旨,正是抒发这伤心人独特的"惊"春之情。如果把此诗比为一支伤春的乐曲,则这两个字显然起到了为全曲的抒情旋律定调的关键作用。再看"物"字衍出下文的"云霞""梅柳""黄鸟""绿苹""候"字关合下文的"海曙""江春""淑气""晴光"等等。而一"新"字则扣住诗题的"早"字,使得诗歌因物兴感的中心内容更加鲜明动人。真是脉络井井,关锁紧密,字字千金。

诗中情

35

诗的中间两联,淋漓尽致地铺写"物候"的"新"。这是两组辞藻清丽、声调谐畅、境界华美的对仗。"云霞出海曙,梅柳渡江春"一联,推衍诗题之"望"字,写诗人远眺时的所见,在海阔天空的宏大背景中描画出江南早春瑰丽迷人的风物。这里没有用一个颜色字,然而由红霞、红梅、红日和碧海、蓝天、绿柳,清江织成的五彩缤纷的景色却跃然纸上,色泽感十分鲜明。这一联不但生动地写出了物象,而且更与人观察景物的心理感受密合,因而诗意盎然。动词"出"与"渡"十分传神。破晓时,太阳像是从东海升起,云气被阳光照耀,蔚成绚烂的霞彩,也好像和旭日同时从海中出来,所以说"云霞出海曙"。江南比江北早暖,梅柳透露春意也比江北为早,人过江而南,忽见梅已开花,柳已发绿,似乎梅柳一过长江就变换春装似的,所以说"梅柳渡江春",颈联"淑气催黄鸟,晴光转绿苹",从南朝江淹《咏美人春游诗》"江南二月春,东风转绿蘋"二句变化而来。前一联既写"望"中远景,这一联则续写"游"时所见,处处关合题目,针线十分绵密。比起上一联,这一联写景更加深入细致,使人读后如同亲身感受到春天的萌动和春光的和煦。动词"催"与"转"更加传神。温暖的春气使万物复苏,连黄鹂的鸣叫也似乎是由它"催促"所致,晴朗的阳光照射到水面上,使水中的蘋草也很快由嫩绿"转"为深绿。物态的变化全由这两个词的巧妙使用而活灵活现,作者文心之细于此可见一斑。

诗的末联"忽闻歌古调,归思欲沾巾",正面道出自己伤春思归的本意,并以闻"歌古调"缴足题面,点明和诗之旨。这两句说,陆丞的诗好像使作者忽然听到了古人的歌曲,不觉勾起了回乡的念头,以至泪下沾巾了。上文"惊"物候之"新",叹春光之美,都是为这里引出"归思"而作铺垫陪衬的。春景是触发"归思"的媒介物,陆丞的早春游望诗更对"归思"的燃烧起了催化作用,故此处以"忽"字作转折,将上文的明媚与欢跃之景突然一下子打入伤感凄怆的气氛之中,达到了抒发伤春之情的目的。这一顿挫,与篇首的"惊"字遥相呼应,愈见此诗婉曲跌宕之妙。

绝妙佳句

忽闻歌古调,归思欲沾巾。

作者简介

  王勃(约 650—676 年),唐代诗人,字子安,绛州龙门(今山西河津)人。王勃与杨炯、卢照邻、骆宾王以诗文齐名,并称"王杨卢骆",亦称"初唐四杰"。王勃才华早露,未成年即被司刑太常伯刘祥道赞为神童,向朝廷表荐,对策高第,授朝散郎。上元三年(676 年),王勃南下探亲,渡海溺水,惊悸而死。原有诗散佚,明人辑有《王子安集》。

送杜少府之任蜀川①

城阙辅三秦②，风烟望五津③。

与君离别意，同是宦游④人。

海内存知己，天涯若比邻。

无为在歧路，儿女共沾巾。

①杜少府：唐人称县尉为少府，杜少府，名不详。之任：赴任。蜀川：唐州名，治所在今四川省崇庆县。

②城阙(què)：指长安的城郭宫阙。辅：护持。这里是被动用法，即"辅之以……"之意。三秦：项羽曾分秦地为雍、塞、翟三国，封秦将章邯等三人为王，自汉代以来遂以"三秦"泛指关中一带。全句意谓长安城受到三秦的夹辅。

③五津：指蜀中岷江上的五个大渡口，是杜少府将经过的地方。

④宦游：为做官而奔走。

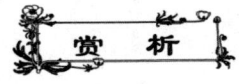

唐人与朋友离别时喜欢以诗相赠酬，或为行者留别居者或为送行者赠

给出游者。这已经形成一种士林风习。王勃此诗属于后面一种情况。按照惯例,这类诗作一要叙友谊,二要叹离别,三要祝前途平安。当然,由于送者与被送者此时此地的境遇与心情各异,诗的情调风格仍会千变万化。那么这首诗的特点是什么呢?

这首诗的根本特点在于它虽是送别之词,但却充满豪迈的气概,洋溢着昂扬奋发的精神。它下笔即颇雄劲,两句话就把送别地长安和杜少府即将奔赴的目的地联系起来,既切合题意又显示出开阔的视野,把人的眼界引向高处、远处。次联点题,但关键在于把自己与杜少府的共同点突出来。今天你将远行,我留长安,但长安既不是我的故乡,也难以永久居留,有一天我也会同你一样远游,因为归根到底我们都是为了出仕从政而不得不四处奔走的人。这一联对出行者既是安慰,又可以使他感到下面的祝词更为亲切。三、四两联是诗的中心意思所在:四海之内到处可以有知心朋友,真正的知己哪怕远隔天涯,也会心心相印,如同近在咫尺。因此我们今天分别,一定不要学那些没出息的儿女,哭哭啼啼弄湿了巾袖。这样的祝词,无疑是有助于壮行色、鼓勇气的。所以千百年来为人传诵不衰。

要问王勃此诗的风格何以会如此雄浑劲健?那么,作者正值青春年少,"少年不识愁滋味"。作者的个性倾向于开朗阳刚,而在艺术上则不屑落入送别悲凄忧伤的俗套,初唐比较清明的政治局面使广大士子对国家和个人的前途都充满希望,这些因素的综合作用,可以说都是相当重要的原因。

绝妙佳句

海内存知己,天涯若比邻。

山 中

长江悲已滞①，万里念将归②。

况属高风③晚，山山红叶飞。

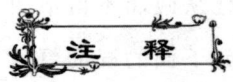
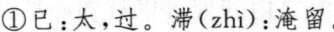

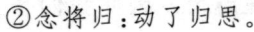

①已：太，过。滞(zhì)：淹留。

②念将归：动了归思。

③高风：秋风。

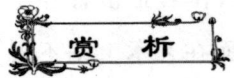
　　这首抒写旅愁乡思的小诗，是王勃在唐高宗咸亨二年(672 年)漫游巴蜀时写的。诗人在寥寥 20 个字中，巧妙地借景抒情，表现出了一种悲凉浑壮的气势，创造了一个情景交融的开阔的意境。

　　首句"长江悲已滞"，是即景起兴。诗人在蜀中山上望见长江逶迤东去，触动了长期滞留异乡的悲思。古代诗人往往借江水来抒发羁旅愁情。例如，南朝齐诗人谢朓就有"大江流日夜，客心悲未央"的名句。王勃的艺术独创性在于：他不仅借大江起兴，而且把自己的悲愁之情注入大江，使长江感情化，人格化。诗人客居巴蜀，一颗心为归思缠绕而无法排解。因此，当他在山上俯瞰长江时,竟感到这条浩浩奔流的大江,也为自己的长期淹留而伤心悲痛,以至它的水流也迟滞不畅了。这是一个多么新奇的想象!而这新奇的想象,既缘于诗人的"移情"作用,又符合生活的实感。人在山上望长江,由于距离远,看不清它的滚滚奔腾的波涛,往往会感到江水是凝滞不动的。所以,这句诗中长江悲伤滞留的形象,也真切地表达了诗人的直觉感受。悲愁的长江与悲愁的诗人相互感发、契合、共鸣,强烈地感染了读者的情绪。诗一开篇,境界便很悲凉浑壮。

诗人在创造了长江悲滞的新奇意象之后,才在第二句"万里念将归"中直接抒情,点明自己身在他乡,想到盼望已久的万里归程而深深感叹。"悲""念"二字,是全篇之"眼",此诗所要抒写的,就是怀念故乡而不得归的悲愁情绪。

但"悲""念"二字,仍然是抽象的。如何才能把这抽象的情绪具体、形象地表现出来。使人如闻如见、可触可感呢?

于是,诗人紧紧抓住眼前的环境和景色,写出了"况属高风晚,山山红叶飞"两句。从字面上看,这两句纯是写景,写他遇着晚秋的风吹起来了,把每一座山上的黄叶刮得零落乱飞。这里没有一个直接表现感情的字眼,但我们却强烈地感到,在这一幅秋风萧瑟、千山万岭黄叶纷飞的画面上,渗透了诗人浓厚的感情。这里的秋天景色,兼寓"比""兴"之意。从"兴"的作用来看,在这样凄凉萧索的环境中,诗人的乡思是难忍和难以排解的。从"比"的作用看,这萧瑟秋风、飘零黄叶,不正是诗人的萧瑟心境、飘零旅况的象征吗?这两句可能化用了宋玉《九辩》中的"悲哉,秋之为气也,萧瑟兮,草木摇落而变衰"的诗意,却用得没有模拟的痕迹,又使读者增添一层联想,对诗的意境起了深化作用。

从通篇的艺术构思来看,诗人采用了"兴法起结"的艺术手法。一下笔便借景兴情,结尾处又以景结情,把所要抒写的思想感情融入一个生动、开

诗中情

41

阔的画面中,让读者从画中品味。这样,便收到了语虽尽而思无穷的艺术效果。

长江悲已滞,万里念将归。

作者简介

　　宋之问(约656—712年),一名少连,字延清,汾州(今山西汾阳年)人,一说虢州弘农(今河南灵宝年)人。上元二年(675年)进士及第。历洛州参军、尚方监丞、左奉宸内供奉、再转考功员外郎。宋之问与沈佺期齐名,时称"沈宋",为近体律诗定型的代表诗人。原有集已佚,明人辑有《宋之问集》。

度大庾岭

度岭方辞国①,停轺②一望家。

魂随南翥③鸟,泪尽北枝花④。

山雨初含霁⑤,江云欲变霞。

但令归有日,不敢问长沙⑥。

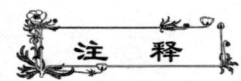

文学常识丛书

①岭:指大庾岭,五岭之一,在今江西大余县和广东南雄县交界处,因岭上多梅花,也称梅岭。国:国都,指长安。

②轺(yáo):只用一马驾辕的轻便马车。

③翥(zhù):飞翔。

④北枝花:大庾岭北的梅花。《白氏六帖·梅部》称:"大庾岭上梅,南枝落,北枝开。"

⑤霁(jì):雨(雪)止天晴。

⑥长沙:用西汉贾谊故事。谊年少多才,文帝欲擢拔为公卿。因老臣谗害,谊被授长沙王太傅(汉代长沙国,今湖南长沙市一带年)。《史记·屈原贾生列传》谓:贾谊"闻长沙卑湿,自以寿不得长,又以谪去。意不自得。"诗意本此。

赏析

公元 705 年,武则天病重,宰相张柬之率大臣发动政变,逼武后退位,拥立中宗李显。武则天的嬖臣张易之被杀。诏事张易之的宋之问因受牵连被贬为泷州(州治在今广东罗定县东年)参军。这首诗是在迁徙途中写的。

去国离乡,谁能不生怨思。何况宋之问由宫廷侍臣变而为天涯逐客,由软红佳丽之地到瘴疠炎蒸之乡去受岁月的煎熬。生活的巨变怎能不激起他感情的激荡。从出朝之日起,他就企望着重返放园,切盼着君王再度征召。

跋山涉水,畏途万里,咬着牙过来了。登上大庾岭,感情又掀起一个新的更高的波峰。大庾岭在古人心目中是腹地和南部边陲的分野,是文明和蛮荒的界限。此去身陷边鄙,祸福难料,家阻万山,赋归无期。瞻前顾后,忆往思来,怎不百感交集,涕泪交进?本诗劈头就写道:"度岭方辞国"。一般解释为:方才辞别国门,就来到了大庾岭。这样太平淡、太无味了,没有把诗人的感情表现出来.应该是:在度大庾岭的时刻,我才突然感到了去国辞朝的深切痛苦。作者另有《早发大庾岭》一诗写道:"出门怨别家,登岭恨辞国",可以作为佐证。站在高高的山岭上,此刻还能望长安于日下,指故里于云间,而"明朝望乡处,应见岭头梅"(宋之问《题大庾岭北驿》年),其他全被山岭遮住了。因此,要抓紧时机,"停轺一望家",停下车来,滞留山头,深情地向家园方向望一次,再望一次。

正在犹豫不前、眷顾家国时,又有南来的大雁、岭北的梅花触动他的情思。屈原登大坟以舒忧心,有"魂一夕而九逝""涕淫淫其若霰"的诗句,宋之问可能受其影响而写:"魂随南翥鸟,泪尽北枝花"。大雁南翔至此而折回,人却无法北返,只能把精魂附在雁翼上。心向北,身往南,距离越拉越

诗中情

大,矛盾痛苦越来越深,引出泪下如霰,沾湿北岭的梅花。据说岭南岭北气候差异,南枝谢了,北枝才开。人在岭北,犹如花开枝头,一入岭南,就像花残瓣飞。此时此际,诗人怎能不"泪尽'在这花开花落的分界岭上呢?

在感极而悲、难乎为继的时候,诗人避免正面表达感情,迂回取道,曲径通幽。"山雨初含霁,江云欲变霞"。在结构上是转折,在情绪上是顿挫,宕开一笔,别开生面,这是写南望所见:绵细的山雨刚刚停止,微露晴明之色,灰濛濛的江云被日光映照,逐渐变成彩霞。乍看这两句,似乎游离于诗外。上一联重在写情,情中有景;这一联专门写景,而景中之情,似有还无。仔细寻绎,它含而不露,烘托出诗人内心的祝愿:"但令归有日,不敢怨长沙"。在其他诗作中,诗人都直写归乡归国的愿望。而在这一首诗中诗人却退了一步,表示只要让我知道归去的日期,就安心在这边鄙之地过窜逐生活,不敢像贾谊谪居长沙时那样有所怨恨了。这种以退为进的写法,更把那希望生还的拳拳之心衬托出来了。

此诗起势不凡,有如醍醐灌顶,在读者心上激起冲击浪,浪一重,愁一重,水一曲,肠一曲,几经曲折,最后以绵绵无尽的情意作结,给人以余味无穷之感。

绝妙佳句

但令归有日,不敢怨长沙。

渡汉江

岭外^①音书断，经冬复历春。
近乡情更怯^②，不敢问来人。

诗中情

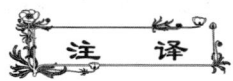
①岭外：指五岭以外，这里指岭南的泷州。

②怯：担心、害怕。

47

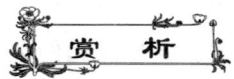
　　宋之问从泷州贬所逃回家乡，经过汉江（也就是汉水年）时，写了这首诗。宋之问的家在巩县，汉水离巩县虽然还有不少路，但较之岭外的泷州，毕竟要近得多，所以诗里说"近乡"。诗的语言，极为浅近通俗，但乍一读，仍不免会有疑惑。一个离开家乡已逾半年的游子，能踏上归途，自当心情欢悦，而且这种欣喜之情，也会随着家乡的越来越近而越来越强烈。宋之问却偏说"近乡情更怯"，乃至不敢向碰到的人询问家人的消息，这岂非有点不合情理？

　　要解开这一疑团，必须重视诗的前两句，它们提供了必要的线索。诗人在到达贬所后，即与家人断绝了联系，且已持续了半年以上。在这种情况下，诗人的心境如何呢？诗中似未明言，其实不然。"近乡情更怯"，说明诗人早已"情怯"。对家中情况一无所知，使诗人增加了不安和疑惧：亲人们是否遭遇到什么不幸呢？空间的阻隔，时间的推移，使这种不安和疑惧，日趋沉重地郁结在诗人的心头。渡过汉水，离乡日近，但心中的恐惧也越来越沉重，因为不祥的猜测，有可能即将被证实。"不敢问"，不是"不想问"，诗人也想能尽早知道家人的消息。不过，假如能听到好消息，固然会无限欣喜，但万一相反呢？那么，期待着与家人团聚的喜悦，岂不将被这无情的消息一下子所粉碎？与其如此，不如听任这模糊不明持续下去，因为毕竟还存在着一切皆好的希望啊。这种想问而又不敢问的矛盾心理，反映了诗人焦虑痛苦的心情。这种特殊微妙的心理状态是大家都能理解的，真实可信的。看似不合情理，其实只是情况特殊而已。

　　以上这一思索，理解的过程，可以使我们对这首诗巧妙的抒情艺术，有更深刻的体会。诗人在用逐层递进的追述，交代了背景之后，立即直抒胸臆，不加保留地倾诉出矛盾心理和痛苦心情。但是，读者却必需经过一番认真的咀嚼，才能感受到这种特殊的心理状态，达到与作者的心灵沟通。这种高度简洁的抒情手法，使作品用最省略的语言，获取了极为深远的艺术效果。

绝妙佳句

　　近乡情更怯，不敢问来人。

作者简介

　　贺知章(659—744年)，字季真，一字维摩，号石窗，会稽永兴（今浙江萧山)人。证圣元年(695年)进士，授国子四门博士，转太常少卿、集贤院学士。天宝三年(744年)辞官还乡为道上，建千秋观以隐居其内，卒年86岁。

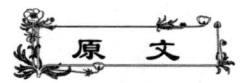

回乡偶书

少小离乡老大回，乡音难改鬓毛衰①。

儿童相见不相识，笑问客从何处来。

离别家乡岁月多，近来人事半消磨②。

唯有门前镜湖水，春风不改旧时波。

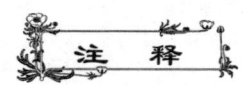

注 释

①衰：即银白色。

②半消磨：即年迈。贺知章离家多年，返回乡里时已八十多岁。

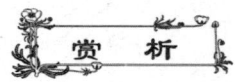

赏 析

贺知章在天宝三载(744年)，辞去朝廷官职，告老返回故乡越州永兴(今浙江萧山年)，时已86岁，这时，距他中年离乡已有50多个年头了。人生易老，世事沧桑，心头有无限感慨。《回乡偶书》的"偶"字，不只是说诗作得之偶然，还泄露了诗情来自生活、发于心底的这一层意思。

在第一、二句中，诗人置身于故乡熟悉而又陌生的环境之中，一路迤逦行来，心情颇不平静：当年离家，风华正茂；今日返归，鬓毛疏落，不禁感慨系之。首句用"少小离家"与"老大回"的句中自对，概括写出数十年久客他

文学常识丛书

乡的事实,暗寓自伤"老大"之情。次句以"鬓毛衰"顶承上句,具体写出自己的"老大"之态,并以不变的"乡音"映衬变化了的"鬓毛",言下大有"我不忘故乡,故乡可还认得我吗"之意,从而为唤起下两句儿童不相识而发问作好铺垫。

三四句从充满感慨的一幅自画像,转而为富于戏剧性的儿童笑问的场面。"笑问客从何处来",在儿童,这只是淡淡的一问,言尽而意止;在诗人,却成了重重的一击,引出了他的无穷感慨,自己的老迈衰颓与反主为宾的悲哀,都包含在这看似平淡的一问中了。全诗就在这有问无答处悄然作结,而弦外之音却如空谷传响,哀婉备至,久久不绝。

就全诗来看,一二句尚属平平,三四句却似峰回路转,别有境界。后两句的妙处在于背面敷粉,了无痕迹,虽写哀情,却借欢乐场面表现;虽为写己,却从儿童一面翻出。而所写儿童问话的场面又极富于生活的情趣,即使我们不为诗人久客伤老之情所感染,却也不能不被这一饶有趣味的生活场景所打动。

下半篇可看作续篇。诗人到家以后,通过与亲朋的交谈得知家乡人事的种种变化,在叹息久客伤老之余,又不免发出人事无常的慨叹来。"离别家乡岁月多",相当于上一首的"少小离家老大回"。诗人之不厌其烦重复这同一意思,无非是因为一切感慨莫不是由于数十年背井离乡引起。所以下一句即顺势转出有关人事的议论。"近来人事半消磨"一句,看似抽象、客观,实则包含了许多深深触动诗人感情的具体内容。

最后两句笔墨荡开,诗人的目光从人事变化转到了对自然景物的描写上。贺知章的故居即在镜湖之旁。虽然阔别镜湖已有数十个年头,而在四周春色中,镜湖的水波却一如既往。诗人独立镜湖之旁,一种"物是人非"的感触自然涌上了他的心头,于是又写下了"唯有门前镜湖水,春风不改旧时波"的诗句。诗人以"不改"反衬"半消磨",以"唯有"进一步发挥"半消磨"之意,强调除湖波以外,昔日的人事几乎已经变化尽了。从直抒的一二句转到写景兼议论的三四句,仿佛闲闲道来,不着边际,实则这是妙用反衬,正好从反面加强了所要抒写的感情,在湖波不改的衬映下,人事日非的感慨显得愈益深沉了。

还需注意的是诗中的"岁月多""近来""旧时"等表示时间的词语贯穿而下,使全诗笼罩在一种低回沉思、若不胜情的气氛之中。与上半篇相比较,如果说诗人初进家门见到儿童时也曾感到过一丝置身于亲人之中的欣慰的话,那么,到他听了亲朋介绍以后,独立于波光粼粼的镜湖之旁时,无疑已变得愈来愈感伤了。

陆游说过:"文章本天成,妙手偶得之。"《回乡偶书》一诗之成功,归根结底在于诗作展现的是一片仙境。诗的感情自然、逼真,语言声韵仿佛自肺腑自然流出,朴实无华,毫不雕琢,读者在不知不觉之中被引入了诗的意境。像这样源于生活、发于心底的好诗,是十分难得的。

绝妙佳句

儿童相见不相识,笑问客从何处来。

作 者 简 介

  陈子昂(661—702 年)字伯玉。少年任侠。梓州射洪(今属四川)人。24 岁举进士,擢麟台正字,故世或称陈正字。迁右拾遗,故又称陈拾遗。屡上书言事,辞多直切,颇中世病;但怀才不遇,罕为鉴用。陈子昂所作诗论著作《修竹篇序》,标举汉魏风骨,强调兴寄,反对六朝柔靡诗风,是唐代诗歌革新的先驱,对唐代诗歌及后代诗歌创作均有积极影响。《陈子昂集》收集了他的主要作品。

晚次乐乡县①

故乡杳②无际，日暮且孤征③。

川原迷旧国④，道路入边城⑤。

野戍荒烟断，深山古木平⑥。

如何此时恨，嗷嗷⑦夜猿鸣。

①乐乡县：故址在今湖北省荆门县北九十里。作者由蜀入洛，途经此地。

②杳(yǎo)：旷远。

③孤征：独自远行。

④旧国：故乡。

⑤边城：指与蜀地邻近的城，即乐乡县。

⑥"野戍"二句：是写暮景。戍：指守望者的碉堡。断：是说视线被遮断。平：是说不辨高低。

⑦嗷嗷(jiàojiào)：悲哭声。

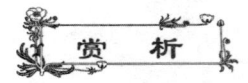

陈子昂的诗，大多以素淡的笔墨抒写真情实感，质朴明朗，苍凉激越。

文学常识丛书

而这首五律，无论从结构的严谨或情韵的悠长来说，都在唐诗中别具一格。

诗题中的乐乡县，唐时属山南道襄州，故城在今湖北荆门北九十里。从诗中所写情况看来，本篇是诗人从故乡蜀地东行，途经乐乡县时所作。

首联说，故乡早已在远方消失，暮色苍茫之中自己还在孤独地行进着。"杳"，遥远。诗人从"故乡"落笔，以"日暮"相承，为全诗定下了抒写"日暮乡关何处是"（崔颢《黄鹤楼》年）的伤感情调。首句中的"杳无际"，联系着回头望的动作，虽用赋体，却出于深情。次句以"孤征"承"日暮"，日暮时还在赶路，本已够凄苦的了，何况又是独自一人，更是倍觉凄凉。以下各联层层剥进，用淡笔写出极浓的乡愁。

第三句承第一句，第四句承第二句，把异乡孤征的感觉写得更具体。三句中的"旧国"，即首句中的"故乡"。故乡看不到了，眼前所见河流、平原无不是陌生的景象，因而行之若迷。四句中的"边城"，意为边远之城。乐乡县在先秦时属楚，对中原说来是边远之地。"道路"即二句中的"孤征"之路，暮霭之中终于来到了乐乡城内。

接着，诗人又放眼四围：入城前见到过的野外戍楼上的缕缕荒烟，这时已在视野中消失；深山上参差不齐的林木，看上去也模糊一片。以"烟断""木平"写夜色的浓重，极为逼真。烟非自断，而是被夜色遮断；木非真平，而是被夜色荡平。尤其是一个"平"字，用得出神入化。萧梁时钟嵘论诗，有所谓"自然英旨"的说法（见《诗品序》年）。"平"字用得既巧密又浑成，可以说是深得自然英旨的诗家妙笔。颈联这两句的精彩处还在于，在写景的同时，又将诗人的乡愁剥进了一层。"野戍荒烟"与"深山古木"，原是孤征道路上的一点可怜的安慰，这时就要全部被夜色所吞没，不用说，随着夜的降临，诗人的乡情也愈来愈浓重了。

写完以上六句，诗人还一直没有明白说出自己的感情。但当他面对寂寥夜幕时，隐忍已久的感情再也无法控制。一个抒情性的设问句"如何此

时恨",便在感情波涛的推掀下,从满溢着的心湖中自然地汩汩流出。诗人觉得,最使他动情的是深山密林中传来一声又一声猿鸣的"嗷嗷"叫声了。诗人自问自答,将荡开的笔墨收拢,泻情入景,以景写情,写出了情景交融的末一句。入暮以后渐入静境,啼声必然清亮而凄婉,这就使诗意更为深长悠远,抒发了无尽的乡思之愁。从全诗艺术形象来看,前面六句诉诸视觉,最后这一句则诉诸听觉,在画面之外复又响起声音,从而使质朴的形象蕴有无穷的意味。

纵观全诗结构,是以时间为线索串联起来的。第二句的"日暮",是时间的开始;中间"烟断""木平"的描写,说明夜色渐浓;至末句,直接拈出"夜"字结束全诗。通篇又可以分成写景与抒情两个部分,前六句写景,末两句抒情。诗人根据抒情的需要取景入诗,又在写景的基础上进行抒情,所以彼此衔接,自然密合。再次,第七句插入一个设问句式,使诗作结构获得了开合动荡之美,严谨之中又有流动变化之趣。最后,以答句作结,粗粗看来,只是近承上一问句,再加推敲,又可发现,句中的"嗷嗷"猿鸣远应前一句的"深山古木""夜"字关合篇首"日暮""夜猿鸣"的意境又与篇首的日暮乡情遥相呼应。句句沟通,字字关联,严而不死,活而不乱。

综上可见,此诗笔法细腻,结构完整,由于采用寓情于景的手法,又有含而不露的特点。这些,与笔法粗犷并与直抒见长的《登幽州台歌》比较起来,自然是大相径庭的。但也由此使我们能够比较全面地窥见诗人丰富的个性与多方面的艺术才能。

如何此时恨,嗷嗷夜猿鸣。

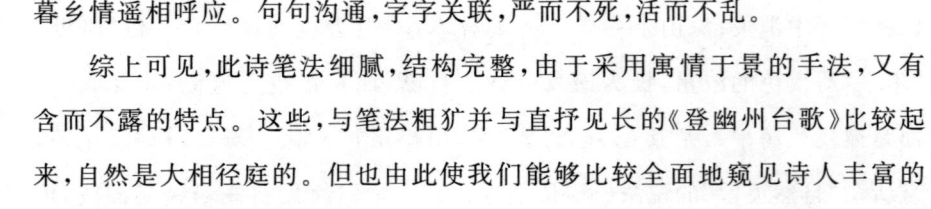

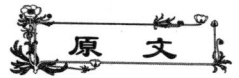

登幽州台①歌

前不见古人,后不见来者。
念天地之悠悠②,独怆然而涕③下。

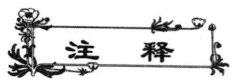

①幽州台:又称燕台,史传为燕昭王为招揽人才所筑的黄金台,故址在今北京市大兴县。

②悠悠:无穷无尽的意思。

③怆(chuàng)然:悲痛伤感的样子。涕:眼泪。

57

公元696年,契丹攻陷了营州,陈子昂奉命出征,带兵的将领是个草包,接连打了几次败仗,陈子昂提了很多建议,也未被采纳,眼看着报国的良策无法实现。有一天他登上了幽州台,想起了战国时广招天下的燕昭王,悲愤之极,写下了这首有心报国、无力回天的《登幽州台歌》。

前不见圣贤之君,后不见贤明之主。想起天地茫茫悠悠无限,不觉悲伤地流下眼泪。诗人俯仰古今,深感人生短暂,宇宙无限,于不觉中流下热泪。这是诗人空怀抱国为民之心不得施展的呐喊。细细读来,悲壮苍凉之气油然而生,而长短不齐的句法,抑扬变化的音节,更体现了诗人的爱国之情,增添了艺术感染力。

绝妙佳句

前不见古人,后不见来者。

文学常识丛书

作者简介

　　李颀(约 690—715 年),赵郡人,唐代诗人。他曾任新乡尉,因久未升迁,便辞官归隐于颖阳东川。他擅长七言歌行和七津,善于描写边塞风光,刻画人物形象,对于音乐声情的描绘,更具特色。

送陈章甫

四月南风大麦黄,枣花未落桐叶长。

青山朝别暮还见,嘶马出门思旧乡。

陈侯①立身何坦荡,虬②须虎眉仍大颡③。

腹中贮书一万卷,不肯低头在草莽。

东门酤酒④饮我曹,心轻万事如鸿毛。

醉卧不知白日暮,有时空望孤云高。

长河浪头连天黑,津吏停舟渡不得。

郑国游人未及家,洛阳行子空叹息。

闻道故林相识多,罢客昨日今如何

文学常识丛书

①陈侯:即陈章甫,这是对他的尊称。

②虬(qiú):蜷曲。

③颡(sǎng):宽脑门。

④酤(gū)酒:借酒浇愁。

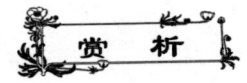

60

李颀的送别诗,以善于描述人物著称。本诗即为一首代表作。

陈章甫是个很有才学的人,长期隐居嵩山。他曾应制科及第,但因没有登记户籍,吏部不予录用。经他上书力争,吏部辩驳不了,特为请示执政,破例录用。这事受到天下士子的赞美,使他名扬天下。然其仕途并不通达,因此无意官事,仍然经常住在寺院郊外,活动于洛阳一带。这首诗大约作于陈章甫罢官后登程返乡之际,李颀送他到渡口,以诗赠别。前人多以为陈章甫此次返乡是回原籍江陵老家,但据诗中所云"旧乡""故林",似指河南嵩山。诗中称陈章甫为"郑国游人"、自称"洛阳行子",可见双方同为天涯沦落人,情意是很密切的。

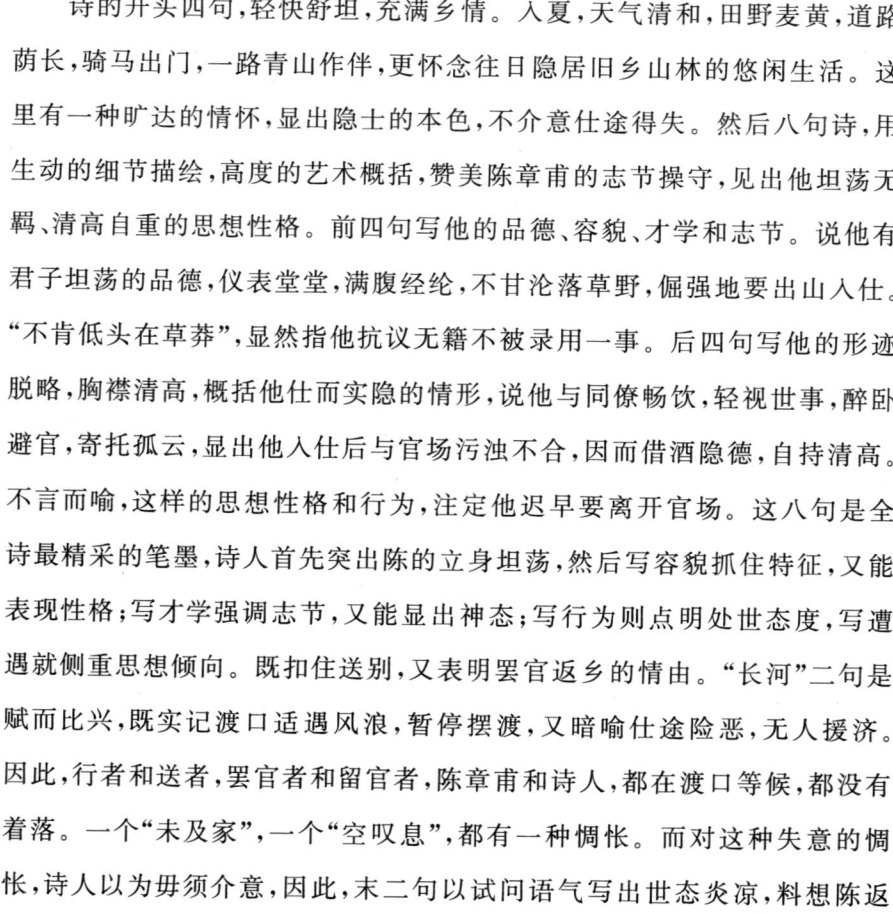

诗的开头四句,轻快舒坦,充满乡情。入夏,天气清和,田野麦黄,道路荫长,骑马出门,一路青山作伴,更怀念往日隐居旧乡山林的悠闲生活。这里有一种旷达的情怀,显出隐士的本色,不介意仕途得失。然后八句诗,用生动的细节描绘,高度的艺术概括,赞美陈章甫的志节操守,见出他坦荡无羁、清高自重的思想性格。前四句写他的品德、容貌、才学和志节。说他有君子坦荡的品德,仪表堂堂,满腹经纶,不甘沦落草野,倔强地要出山入仕。"不肯低头在草莽",显然指他抗议无籍不被录用一事。后四句写他的形迹脱略,胸襟清高,概括他仕而实隐的情形,说他与同僚畅饮,轻视世事,醉卧避官,寄托孤云,显出他入仕后与官场污浊不合,因而借酒隐德,自持清高。不言而喻,这样的思想性格和行为,注定他迟早要离开官场。这八句是全诗最精采的笔墨,诗人首先突出陈的立身坦荡,然后写容貌抓住特征,又能表现性格;写才学强调志节,又能显出神态;写行为则点明处世态度,写遭遇就侧重思想倾向。既扣住送别,又表明罢官返乡的情由。"长河"二句是赋而比兴,既实记渡口适遇风浪,暂停摆渡,又暗喻仕途险恶,无人援济。因此,行者和送者,罢官者和留官者,陈章甫和诗人,都在渡口等候,都没有着落。一个"未及家",一个"空叹息",都有一种惆怅。而对这种失意的惆怅,诗人以为毋须介意,因此,末二句以试问语气写出世态炎凉,料想陈返乡后的境况,显出一种泰然处之的豁达态度,轻松地结出送别。

　　就全篇而言,诗人以旷达的情怀,知己的情谊,艺术的概括,生动的描写,表现出陈章甫的思想性格和遭遇,令人同情,深为不满。而诗的笔调轻松,风格豪爽,不为失意作苦语,不因离别写愁思,在送别诗中别具一格。

　　青山朝别暮还见,嘶马出门思旧乡。

作者简介

　　王昌龄(698—756 年)，字少伯。京兆长安(今陕西省西安市)人。盛唐诗人。开元十五年进士，任秘书郎。开元二十二年中博学宏词科，升校书郎，又贬为江宁丞，再贬为龙标(今湖南黔阳)尉。后人因而称他为王江宁或王龙标。王昌龄在盛唐负有盛名，有"诗家天子王江宁"之称，是我国盛唐时代的著名诗人。他的诗和高适、王之涣齐名。绝句的艺术成就尤高，洋溢着浓厚的民歌气息，以精炼的艺术语言反映了真实而丰富的社会生活画面。

芙蓉楼送辛渐①

寒雨连江夜入吴②，平明送客楚山③孤。

洛阳亲友如相问，一片冰心在玉壶④。

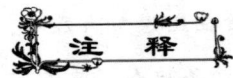

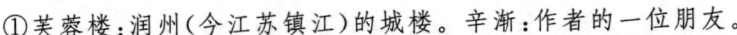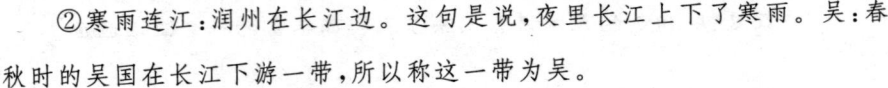

①芙蓉楼：润州（今江苏镇江）的城楼。辛渐：作者的一位朋友。

②寒雨连江：润州在长江边。这句是说，夜里长江上下了寒雨。吴：春秋时的吴国在长江下游一带，所以称这一带为吴。

③平明：清晨。楚山：春秋时的楚国在长江中下游一带，故称这一带为楚山。

④冰心：比喻心的纯洁。玉壶：冰在玉壶之中，进一步比喻人的清廉正直。

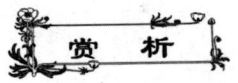

芙蓉楼原名西北楼，遗址在润州（今江苏镇江）西北。登临可以俯瞰长江，遥望江北。这首诗大约作于开元二十九年以后。王昌龄当时为江宁（今南京市）丞，辛渐是他的朋友，这次拟由润州渡江，取道扬州，北上洛阳。王昌龄可能陪他从江宁到润州，然后在此分手。这诗原题共两首，第二首说到头天晚上诗人在芙蓉楼为辛渐饯别，这一首写的是第二天早晨在江边离别的情景。

"寒雨连江夜入吴"，迷蒙的烟雨笼罩着吴地江天，织成了无边无际的愁网。夜雨增添了萧瑟的秋意，也渲染出离别的黯淡气氛。那寒意不仅弥漫在满江烟雨之中，更沁透在两个离人的心头。"连"字和"入"字写出雨势的平稳连绵，江雨悄然而来的动态能为人分明地感知，则诗人因离情萦怀而一夜未眠的情景也自可想见。但是，这一幅水天相连、浩渺迷茫的吴江夜雨图，不也展现了一种极其高远壮阔的境界吗？中晚唐诗和婉约派宋词往往将雨声写在窗下梧桐、檐前铁马、池中残荷等等琐物上，而王昌龄却并不实写如何感知秋雨来临的细节，而是将听觉视觉和想象概括成连江入吴的雨势，以大片淡墨染出满纸烟雨，这就用浩大的气魄烘托了"平明送客楚山孤"的开阔意境。

清晨，天色已明，辛渐即将登舟北归。诗人遥望江北的远山，想到行人不久便将隐没在楚山之外，孤寂之感油然而生。在辽阔的江面上，进入诗人视野的当然不止是孤峙的楚山，浩荡的江水本来是最易引起别情似水的联想的，唐人由此而得到的名句也多得不可胜数。然而王昌龄没有将别愁寄予随友人远去的江水，却将离情凝注在矗立于苍莽平野的楚山之上。因为友人回到洛阳，即可与亲友相聚，而留在吴地的诗人，却只能像这孤零零的楚山一样，伫立在江畔空望着流水逝去。一个"孤"字如同感情的引线，自然而然牵出了后两句临别叮咛之辞："洛阳亲友如相问，一片冰心在玉壶。"诗人从清澈无瑕、澄空见底的玉壶中捧出一颗晶亮纯洁的冰心，这就比任何相思的言辞都更能表达他对洛阳亲友的深情。

即景生情，情蕴景中，本是盛唐诗的共同特点，而深厚有余、优柔舒缓。"尽谢炉锤之迹"（胡应麟《诗薮》）又是王昌龄的独特风格。本诗那苍茫的江雨和孤峙的楚山，不仅烘托出诗人送别时的凄寒孤寂之情，更展现了诗人开朗的胸怀和坚强的性格。屹立在江天之中的孤山与冰心置于玉壶的比象之间又形成一种有意无意的照应,令人自然联想到诗人孤介傲岸、冰清玉洁的形象,使精巧的构思和深婉的用意融化在一片清空明澈的意境之中,所以天然浑成,不着痕迹,含蓄蕴藉,余韵无穷。

绝妙佳句

洛阳亲友如相问,一片冰心在玉壶。

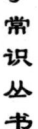

作者简介

  王维（约 701—761 年），唐代著名诗人、画家，字摩诘，太原祁人。是盛唐诗坛上极负盛名的诗人，因官至尚书右丞，所以人称王右丞。王维是盛唐诗坛上与"诗仙"李白、"诗圣"杜甫鼎足而立的大诗人。他的大量诗篇充满对山水田园美丽风光以及关中农家和平生活的歌颂，或大气开阔，或幽静恬雅，均富有极大的艺术魅力，对后世影响深远。后代研究王维的学者亦称其为"诗佛"，这种称谓除了有王维诗歌中的佛教意味和王维的宗教倾向之外，也表达了后人对王维在唐化诗坛崇高地位的肯定。

九月九日忆山东兄弟

独在异乡为异客,每逢佳节倍思亲。

遥知兄弟登高①处,遍插茱萸②少一人。

①登高:九月九重阳节,民间有登高避邪习俗。

②茱萸(zhūyú):药性植物。重九风俗,以结子茱萸枝插头。

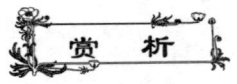

诗写游子思乡怀亲。诗人一开头便紧急切题,写异乡异土生活的孤独凄然,因而时时怀乡思人,遇到佳节良辰,思念倍加。接着诗一跃而写远在家乡的兄弟,按照重阳的风俗而登高时,也在怀念自己。诗意反复跳跃,含蓄深沉,既朴素自然,又曲折有致。"每逢佳节倍思亲"千百年来,成为游子思念的名言,打动多少游子离人之心。

独在异乡为异客,每逢佳节倍思亲。

杂诗（其二）

君自故乡来，应知故乡事。
来日绮窗①前，寒梅著花②未？

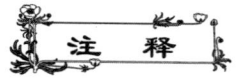

①绮窗：雕着花纹的窗子。
②著花：开花。

诗中情

69

思念故乡，乃人之常情。有人自故乡来，急于了解故乡情况，问这问那，一问一答，也是常见的情景。初唐王绩的《在京思故园见乡人问》，连问十二句而不作答，耐人寻味，不失为好诗。王维的这一首只四句，用前两句作铺垫，表现出急于知道故乡近况的心情；三四句只发一问，即戛然而止，却含情无限。其艺术奥秘在于那一问足以激发读者的无穷想象。

"绮窗"一词令人想见诗人曾在那窗内居住多年。窗前的梅树，也许是他手植的；至少是他经常浇灌、剪裁的。每到冬季，在窗口内就可以看见它由含苞到凌寒独放。离家以后，自然想到它是不是由于无人照管而逐渐枯萎。从一个"寒"字可以推知"君自故乡来"的时间应是冬季，如果梅树正常生长，那当然已经"著花"了。问"寒梅著花未"，包含着对梅树生长状况的关切。而对自己灌注过心血、又为自己带来乐趣的事物的关切是人所共有的崇高情感，能够唤起一切人的共鸣。其艺术奥秘还在于通过特殊体现一般。寒梅高洁、坚贞，是喻为"君子"的名花。关切故乡的寒梅有特殊意义。舍万千风物不说，单问寒梅开否，而且点明是窗前户下那株寒梅，寄慨遥深，耐人寻味。绮窗寒梅，何以让诗人刻骨铭心，念念不忘呢？其间肯定有许多与之相关的人和事、景和物，寒梅实际上成了作者心中的故乡的象征。

远行千里，久在异乡，永远也忘不了那株梅，那扇窗，那个家啊！

绝妙佳句

君自故乡来，应知故乡事。

作者简介

　　秦韬玉（生卒年不详），字仲明，京兆人。官工部侍郎。诗作典丽工整，以七津见长。中和二年，得准敕及第。僖宗幸蜀，以工部侍郎为田令孜神策判官。其诗皆是七言，构思奇巧，语言清雅，意境浑然，多有佳句，艺术成就浪高。代表作有《贫女》《长安书怀》《桧树》《题竹》等。其中以《贫女》一诗流传最广、十分著名。充分显示了诗人出类拔萃、高人一筹的艺术才华。秦韬玉著有《投知小录》三卷，今编诗一卷。

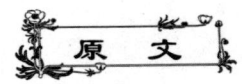
贫　女

蓬门①未识绮罗香②，拟托良媒益自伤。

谁爱风流高格调，共怜时世俭梳妆③。

敢将十指夸针巧，不把双眉斗画长。

苦恨④年年压金线⑤，为他人作嫁衣裳。

文学常识丛书

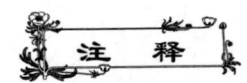
注　释

①蓬门：茅屋的门，指贫女之家。

②绮罗香：指富贵人家妇女的服饰。

③共怜句：意谓共惜时世艰难而妆饰从俭。作者的时代也已至晚唐。

按：白居易《新乐府》有《时世妆》，诗中所描写的实非俭妆，恰恰是另一种形式的"浓妆"，所谓"时世妆"，即最时髦的打扮之意。

④苦恨：甚恨。

⑤压金线：按捺针线，指刺绣。

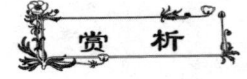
赏　析

这是一首咏叹贫女的身世、寄托了贫女怀才不遇的感伤杰作。这首诗,以语意双关、含蕴丰富而为人传诵。全篇都是一个未嫁贫女的独白,倾诉她抑郁惆怅的心情,而字里行间却流露出诗人怀才不遇、寄人篱下的感恨。

"蓬门未识绮罗香,拟托良媒益自伤。"主人公的独白从姑娘们的衣着谈起,说自己生在蓬门陋户,自幼粗衣布裳,从未有绫罗绸缎沾身。开口第一句,便令人感到这是一位纯洁朴实的女子。因为贫穷,虽然早已是待嫁之年,却总不见媒人前来问津。抛开女儿家的羞怯矜持请人去作媒吧,可是每生此念头,便不由加倍地伤感。这又是为什么呢?

从客观上看:"谁爱风流高格调,共怜时世俭梳妆。"如今,人们竞相追求时髦的奇装异服,有谁来欣赏我不同流俗的高尚情操?

就主观而论:"敢将十指夸针巧,不把双眉斗画长。"我所自恃的是,凭一双巧手技压群芳,敢在人前夸口;决不迎合流俗,把两条眉毛画得长长的去同别人争妍斗丽。

这样的世态人情,这样的操守格调,调愈高,和愈寡。纵使良媒能托,亦知佳偶难觅啊。

"苦恨年年压金线,为他人作嫁衣裳!"个人的亲事茫然无望,却要每天每天压线刺绣,不停息地为别人做出嫁的衣裳!月复一月,年复一年,一针针刺痛着自家伤痕累累的心灵……

独白到此戛然而止,女主人公忧郁神伤的形象默然呈现在读者的面前。

诗人刻画贫女形象,既没有凭借景物气氛和居室陈设的衬托,也没有进行相貌衣物和神态举止的描摹,而是把她放在与社会环境的矛盾冲突中,通过独白揭示她内心深处的苦痛。语言没有典故,不用比拟,全是出自贫家女儿的又细腻又爽利、富有个性的口语,毫无遮掩地倾诉心底的衷曲。从家庭景况谈到自己的亲事,从社会风气谈到个人的志趣,有自伤自叹,也

诗中情

73

有自矜自持,如春蚕吐丝,作茧自缚,一缕缕,一层层,将自己愈缠愈紧,使自己愈陷愈深,最后终于突破抑郁和窒息的重压,呼出那"苦恨年年压金线,为他人作嫁衣裳"的慨叹。这最后一呼,以其广泛深刻的内涵,浓厚的生活哲理,使全诗蕴有更大的社会意义。

绝妙佳句

苦恨年年压金线,为他人作嫁衣裳。

作者简介

　　李白（701—762年），字太白，号青莲居士。祖籍陇西成纪（今甘肃省天水市附近的秦安县）。李白性情豪放，喜爱纵横家的作风，爱好任侠之事，轻视财货。早年在蜀中度过。李白25岁开始漫游全国，到过湖北、江西、河南、山东等地。

　　李白生性蔑视权贵，传说他喝醉酒，曾在玄宗面前使高力士给他脱靴。高力士认为这是浪大的耻辱，就摘取李白诗句激怒杨贵妃。玄宗每次让李白做官，杨贵妃就加以阻止。李白知道玄宗的亲信对他有意见，于是恳求还家。玄宗赐给他财物，放他离开。

　　李白是我国唐代伟大的浪漫主义诗人，被誉为"诗仙"。他的诗豪迈瑰丽，诗里有突破现实的幻想，也有对当时民众生活疾苦的反映和对政治黑暗的抨击。著有《李太白全集》。其诗歌在中国文学史上占有极其重要的位置。

寄东鲁二稚子

吴地桑叶绿，吴蚕已三眠。

我家寄东鲁，谁种龟阴田？

春事已不及，江行复茫然。

南风吹归心，飞堕酒楼①前。

楼东一株桃，枝叶拂青烟。

此树我所种，别来向三年。

桃今与楼齐，我行尚未旋。

娇女字平阳，折花倚桃边。

折花不见我，泪下如流泉。

小儿名伯禽，与姊亦齐肩。

双行桃树下，抚背复谁怜？

念此失次第②，肝肠日忧煎。

裂素③写远意，因之汶阳川。

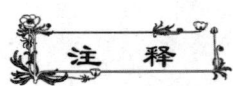
注释

①酒楼：白于任城（今山东济宁）筑有酒楼，历代有诗人题咏。堕（duò）：下落。

76

②失次第:失常态。

③素:洁白的绢。

赏　析

　　这是一首情深意切的寄怀诗,诗人以生动真切的笔触,抒发了思念儿女的骨肉深情。诗以景发端,在我们面前展示了"吴地桑叶绿,吴蚕已三眠"的江南春色,把自己所在的"吴地"(这里指南京)桑叶一片碧绿,春蚕快要结茧的情景,描绘得清新如画。接着,即景生情,想到东鲁家中春天的农事,感到自己浪迹江湖,茫无定止,那龟山北面的田园由谁来耕种呢?思念及此,不禁心忧如煎,焦虑万分。诗人对离别多年的家乡及田地、酒楼、桃树、儿女,等等一切,无不一往情深,尤其是对自己的儿女更倾注了最深挚的感情。"双行桃树下,抚背复谁怜?"他想象到了自己一双小儿女在桃树下玩耍的情景,他们失去了母亲(李白的第一个妻子许氏此时已经去世),现在有谁来抚摩其背,爱怜他们呢?想到这里,又不由得心烦意乱,肝肠忧煎。怎么办呢?那就取出一块洁白的绢素,写上自己无尽的怀念,寄给远在汶阳川(今山东泰安西南一带)的家人吧!诗篇洋溢着一个慈父对儿女所特有的抚爱、思念之情。

　　这首诗一个最引人注目的艺术特色,就是充满了奇警华赡的想象。

　　"南风吹归心,飞堕酒楼前",诗人的心一下子飞到了千里之外的虚幻境界,想象出一连串生动的景象,犹如运用电影镜头,在我们眼前依次展现出一组优美、生动的画面:山东任城的酒楼;酒楼东边一棵枝叶葱茏的桃树;女儿平阳在桃树下折花;折花时忽然想念起父亲,泪如泉涌;小儿子伯禽和姐姐平阳一起在桃树下玩耍。

　　诗人把所要表现的事物的形象和神态都想象得细致入微,栩栩如生。

"折花倚桃边"，小女娇娆娴雅的神态维妙维肖；"泪下如流泉"，女儿思父伤感的情状活现眼前；"与姊亦齐肩"，竟连小儿子的身长也未忽略；"双行桃树下，抚背复谁怜?"一片思念之情，自然流泻。其中最妙的是"折花不见我"一句，诗人不仅想象到儿女的体态、容貌、动作、神情，甚至连女儿的心理活动都——想到——摹写，可见想象之细密，思念之深切。

紧接下来，诗人又从幻境回到了现实。于是，在艺术画面上我们又重新看到诗人自己的形象，看到他"肝肠日忧煎"的模样和"裂素写远意"的动作。诚挚而急切的怀乡土之心、思儿女之情跃然纸上，凄楚动人。

毋庸置疑，诗人情景并茂的奇丽想象，是这首诗神韵飞动、感人至深的重要原因。李白这首充满奇妙想象的作品，是无愧于真正的艺术创造的。

南风吹归心，飞堕酒楼前。

原 文

赠 汪 伦 ①

李白乘舟将欲行,忽闻岸上踏歌②声。

桃花潭③水深千尺,不及汪伦送我情!

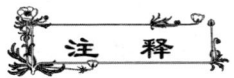

注 释

①汪伦:安徽泾县的村民。天宝末年李白游泾县时,汪伦常以美酒招待李白,李白临行前即作此诗留别。

②踏歌:民间流行的一种手拉手、两脚踏地为节拍的歌唱方式。

③桃花潭:在泾县东南一百公里处。

赏 析

这首诗大约作于天宝十四年(755 年),是李白从秋浦(今安徽贵池)到泾县,游桃花潭后和友人汪伦分别时所作。汪伦是李白的好朋友,曾经做过县令,辞官后居泾县桃花潭,家有别墅。他豪爽好客,同李白等诗人相友好,常有诗文来往。李白这次来访汪伦,汪伦以美酒招待他,李白临别时写赠此诗。

这首诗以叙事开头:"李白乘舟将欲行,忽闻岸上踏歌声。"写李白离开桃花潭时情景。此时人已登舟,船就要开了,忽然听到岸上有人边走边唱的走了过来。"忽闻"二字,说明李白并不知道会有人来送行;"踏歌",写送行者边走边唱从岸上走来的神态。他是谁呢?这句诗中并未直接写出,直到最后一句才点明,原来是友人汪伦。

三四两句叙事抒情。"桃花潭水深千尺,不及汪伦送我情"诗句用的是说话的语气,李白说:桃花潭的潭水纵然有千尺那么深,却总及不上汪伦送我的这翻情谊呵!"千尺"形容潭水极深,意在表明汪伦和自己的友情更深。这里用"深千尺"来和"送我情"相比,而且加上不及两字,显得意味深长耐人寻味。

关于李白和汪伦的交往还有一段故事。据说汪伦曾经写信邀请李白:"说先生喜欢游赏吗?这里有十里桃花;先生喜欢饮酒吗这里有万家酒店。"李白高兴的去了。结果汪伦告诉他:"'桃花'是潭水名这里并无桃花;'万家'是一家酒店店主人姓万,并无很多酒店。"李白大笑。汪伦款待李白几天临行时还赠了不少礼物,亲自送行。李白感其情深,写了桃花潭七绝一首。这段故事见清人袁枚的《随园诗话》,虽属传说,未必真有其事,却颇风趣。

绝妙佳句

桃花潭水深千尺,不及汪伦送我情!

文学常识丛书

作者简介

  高适(约 703—765 年),字达夫,渤海修(今河北沧县)人。20 岁曾到过长安,少孤贫,爱交游,有游侠之风,并以建功立业自期。他曾在宋中居住,与李白、杜甫结交。天宝八载(749 年),经睢阳太守张九皋推荐,应举中第,授封丘尉。后因不忍"鞭挞黎庶"和不甘"拜迎官长"而辞官。安史之乱后,曾任淮南节度使、彭州刺史等职。高适作品的编集,原有天宝七载左右张九皋编、颜真卿作序的诗集,今已不存。新、旧《唐书》选录其诗文 20 篇。

除夜作

旅馆寒灯独不眠,客①心何事转凄然?

故乡今夜思千里,霜鬓②明朝又一年。

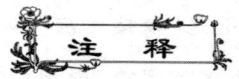

①客:既自己。

②霜鬓:白发。

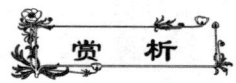

　　除夕之夜,传统的习惯是一家欢聚,"达旦不眠,谓之守岁"(《风土记》)。诗题《除夜作》,本应唤起人们对这个传统佳节的很多欢乐的记忆和想象的,然而这首诗中的除夜却是另一种情景。

　　诗的开头就是"旅馆"二字,看似平平,却不可忽视,全诗的感情就是由此而生发开来的。这是一个除夕之夜,诗人眼看着外面家家户户灯火通明,欢聚一堂,而自己却远离家人,身居客舍。两相对照,不觉触景生情,连眼前那盏同样有着光和热的灯,竟也变得"寒"气袭人了。"寒灯"二字,渲染了旅馆的清冷和诗人内心的凄寂。寒灯只影自然难于入眠,更何况是除夕之夜!而"独不眠"自然又会想到一家团聚,其乐融融的守岁的景象,那更是叫人难耐。所以这一句看上去是写眼前景、眼前事，但是却处处从反面扣紧诗题，描绘出一个孤寂清冷的意境。第二句"客心何事转凄然"，这是一个转承的句子，用提问的形式将思想感情更明朗化，从而逼出下文。"客"是自指，因身在客中，故称"客"。竟是什么使得诗人"转凄然"呢？当然还是"除夜"。晚上那一片浓厚的除夕气氛，把自己包围在寒灯只影的客舍之中，那孤寂凄然之感便油然而生了。

诗完一二句后，似乎感到诗人要倾吐他此刻的心绪了，可是，却又撇开自己，从对面写来："故乡今夜思千里。""故乡"，是借指故乡的亲人；"千里"，借指千里之外的自己。那意思是说，故乡的亲人在这个除夕之夜定是想念着千里之外的我，想着我今夜不知落在何处，想着我一个人如何度过今夕……其实，这也正是"千里思故乡"的一种表现。"霜鬓明朝又一年""今夜"是除夕，所以明朝又是一年了，由旧的一年又将"思"到新的一年，这漫漫无边的思念之苦，又要在霜鬓增添新的白发。

胡应麟认为，故乡今夜思千里，霜鬓明朝又一年。"添著一语不得乃可。"（《诗薮内编》卷六）所谓"添著一语不得"，也就是指语言的精炼。"故乡今夜思千里，霜鬓明朝又一年"，正是把双方思之久、思之深、思之苦，集中地通过除夕之夜抒写出来了，完满地表现了诗的主题思想。因此，就它的高度概括和精炼含蓄的特色而言，可以说收到了"添著一语不得"的艺术效果。

绝妙佳句

　　故乡今夜思千里，霜鬓明朝又一年。

作者简介

　　杜甫（712—770 年），字子美，盛唐著名诗人，有"诗圣"之称。原籍湖北襄阳，生于河南巩县，是初唐诗人杜审言之孙。唐肃宗时，官至加检校工部员外郎，故后世又称他杜工部。

　　杜甫和李白齐名，世称"李杜"。他的思想核心是儒家的仁政思想。他有"致君尧舜上，再使风俗淳"的宏伟抱负。他热爱生活，热爱人民，热爱祖国的大好河山。他嫉恶如仇，对朝廷的腐败、社会生活中的黑暗现象都给予批评和揭露。他同情人民，甚至幻想着为解救人民的苦难甘愿做自我牺牲。

　　杜甫一生写诗 1400 多首。其经历和诗歌创作可以分为四期。读书和漫游时期；困居长安时期；陷贼和为官时期；西南（晚年）飘泊时期。他是伟大的现实主义诗人，其作品在中国文学史上占有极其重要的位置。

梦李白(上)

(其一)

死别已吞声,生别常恻恻①。

江南瘴疠地,逐客无消息②。

故人入我梦,明我长相忆③。

恐非平生魂④,路远不可测。

魂来枫林青,魂返关塞黑⑤。

君今在罗网,何以有羽翼。

落月满屋梁,犹疑照颜色⑥。

水深波浪阔,无使蛟龙得⑦。

(其二)

浮云终日行,游子久不至⑧。

三夜频梦君,情亲见君意。

告归常局促,苦道来不易⑨。

江湖多风波,舟楫恐失坠。

出门搔白首,若负平生志。

冠盖满京华,斯人独憔悴⑩。

孰云网恢恢,将老身反累⑪。

千秋万岁名,寂寞身后事。

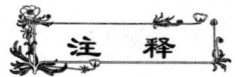

注　释

①"死别"二句:是把"生离死别"这个成语分成两句写,二句各有侧重,实为一意。即指与李白的分离是生离死别的分离。杜甫不知李白放逐后生死如何,有时以为李白已死痛哭失声,有时又为别离而忧伤悲戚。

②瘴疠(zhànglì)地:南方湿热蒸郁疾病流行的地方。逐客:被流放的人,指李白。

③明:知道。长:常。此二句说与李白在梦中相见,说明杜甫常想念他。

④平生魂:生者的灵魂。怀疑李白已死,所以说不是生者的魂。

⑤"魂来"二句:魂来经过江南一带青青的枫林,魂去经过秦地的关塞,想象李白魂来魂去的情景。

⑥"落月"二句:写梦醒时月光满屋,李白的容貌仿佛在月光下隐约可见。

⑦"水深"二句:江湖风波险恶,叮咛李白魂归要小心,不要被蛟龙攫取。蛟龙:喻恶人。

⑧"浮云"二句:用《古诗》"浮云蔽白日,游子不顾返"意,意为李白遭迫害被放逐后久未相见。

⑨告归:辞别。局促:时间匆促。

⑩冠盖:指冠冕和车盖,这里指京城的达官贵人。斯人:指李白。

⑪网:天理。恢恢:宽广。

乾元元年（758 年）李白流放夜郎（治所在今贵州正安西北），第二年春行至巫山遇赦，回到江陵。杜甫远在北方，只闻李白流放，不知已被赦还，忧思拳拳，久而成梦。

这两首记梦诗，分别按梦前、梦中、梦后叙写。依清人仇兆鳌说，两篇是以四、六、六分层，所谓"一头两脚体"（见《杜少陵集详注》卷七）。上篇写初次梦见李白时的心理，表现对故人吉凶生死的关切；下篇写梦中所见李白的形象，抒写对故人悲惨遭遇的同情。

"死别已吞声，生别常恻恻。"诗要写梦，先言别；未言别，先说死，以死别衬托生别，极写李白流放绝域、久无音讯在诗人心中造成的苦痛。开头便如阴风骤起，吹来一片弥漫全诗的悲怆气氛。

"故人入我梦，明我长相忆。"不说梦见故人，而说故人入梦；而故人所以入梦，又是有感于诗人的长久思念，写出李白幻影在梦中倏忽而现的情景，也表现了诗人乍见故人的喜悦和欣慰。但这欣喜只不过一刹那，转念之间便觉不对了："君今在罗网，何以有羽翼？"你既累系于江南瘴疠之乡，怎么就能插翅飞出罗网，千里迢迢来到我身边呢？联想世间关于李白下落的种种不祥的传闻，诗人不禁暗暗思忖：莫非他真的死了？眼前的他是生魂还是死魂？路远难测啊！乍见而喜，转念而疑，继而生出深深的忧虑和恐惧，诗人对自己梦幻心理的刻画，是十分细腻逼真的。

"魂来枫林青，魂返关塞黑。"梦归魂去，诗人依然思量不已。故人魂魄，星夜从江南而来，又星夜自秦州而返；来时要飞越南方青郁郁的千里枫林，归去要渡过秦陇黑沉沉的万丈关塞；多么遥远，多么艰辛，而且是孤零零的一个。"落月满屋梁，犹疑照颜色。"在满屋明晃晃的月光里面，诗人忽又觉得李白那憔悴的容颜依稀尚在，凝神细辨，才知是一种朦胧的错觉。

87

想到故人魂魄一路归去,夜又深,路又远,江湖之间,风涛险恶,诗人内心祈祷着、叮咛着:"水深波浪阔,无使蛟龙得。"这惊骇可怖的景象,正好是李白险恶处境的象征;这惴惴不安的祈祷,体现着诗人对故人命运的殷忧。这里,用了两处有关屈原的典故。"魂来枫林青",出自《楚辞·招魂》:"湛湛江水兮上有枫,目极千里兮伤春心,魂兮归来哀江南!"旧说系宋玉为招屈原之魂而作。"蛟龙"一语见于梁吴均《续齐谐记》:东汉初年,有人在长沙见到一个自称屈原的人,听他说:"吾尝见祭甚盛,然为蛟龙所苦。"通过用典将李白与屈原联系起来,不但突出了李白命运的悲剧色彩,而且表示着杜甫对李白的称许和崇敬。

上篇所写是诗人初次梦见李白的情景,此后数夜,又连续出现类似的梦境,于是诗人又有下篇的咏叹。

"浮云终日行,游子久不至。"见浮云而念游子,是诗家比兴常例,李白也有"浮云游子意,落日故人情"(《送友人》)的诗句。天上浮云终日飘去飘来,天涯故人却久望不至;所幸李白一往情深,魂魄频频前来探访,使诗人得以聊释愁怀。"三夜频梦君,情亲见君意",与上篇"故人入我梦,明我长相忆"互相照应,体现着两人形离神合、肝胆相照的情谊。其实,我见君意也好,君明我意也好,都是诗人推己及人,抒写自己对故人的一片衷情。

"告归"以下六句选取梦中魂返前的片刻,描述李白的幻影:每当分手的时候,李白总是匆促不安地苦苦诉说:"来一趟好不容易啊,江湖上风波迭起,我真怕会沉船呢!"看他走出门去用手搔着头上白发的背影,分明是在为自己壮志不遂而怅恨。"告归常局促,苦道来不易"写神态;"江湖多风波,舟楫恐失坠"是独白;"出门搔白首,若负平生志"是通过动作、外貌揭示心理。寥寥三十字,从各个侧面刻画李白形象,其形可见,其声可闻,其情可感,枯槁惨淡之状,如在目前。"江湖"二句,意同上篇"水深波浪阔,无使蛟龙得",双关着李白魂魄来去的艰险和他现实处境的恶劣;"出门"二句则抒发了诗人内心真诚思念的感慨。

梦中李白的幻影，给诗人的触动太强太深了，每次醒来，总是愈思愈愤懑，愈想愈不平，终于发为如下的浩叹："冠盖满京华，斯人独憔悴！孰云网恢恢？将老身反累！"高冠华盖的权贵充斥长安，唯独这样一个了不起的人物，不被重用，困顿不堪，临近晚年更被囚系放逐，还有什么"天网恢恢"可言！生前遭遇如此，纵使身后名垂万古，人已寂寞无知，夫复何用！"千秋万岁名，寂寞身后事。"在这沉重的嗟叹之中，寄托着对李白的崇高评价和深厚同情，也包含着诗人自己的无限心事。所以，清人浦起龙说："次章纯是迁谪之慨。为我耶？为彼耶？同声一哭！"（《读杜心解》）

《梦李白二首》，上篇以"死别"发端，下篇以"身后"作结，形成一个首尾完整的结构；两篇之间，又处处关联呼应，"逐客无消息"与"游子久不至""明我长相忆"与"情亲见君意""君今在罗网"与"孰云网恢恢""水深波浪阔，无使蛟龙得"与"江湖多风波，舟楫恐失坠"等等，都是维系其间的纽带。但两首诗的内容和意境却颇不相同：从写"梦"来说，上篇初梦，下篇频梦；上篇写疑幻疑真的心理，下篇写清晰真切的形象。从李白来说，上篇写对他当前处境的关注，下篇写对他生平遭际的同情；上篇的忧惧之情专为李白而发，下篇的不平之气兼含着诗人自身的感慨。总之，两首记梦诗是分工而又合作，相关而不雷同，全为至诚至真之文字。

故人入我梦，明我长相忆。

诗中情

89

咏怀古迹·其一

支离①东北风尘际②,飘泊西南天地间。

三峡楼台淹日月,五溪衣服③共云山④。

羯胡⑤事主终无赖,词客⑥哀时且未还⑦。

庾信⑧平生最萧瑟,暮年诗赋动江关。

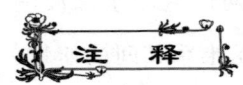

①支离:犹流离。

②东北风尘际:指安禄山叛乱时期,作者一直在外流亡。风尘:比喻战乱。

③五溪衣服:指溪人衣服不同。五溪:红溪、黑溪、白溪、黄溪、蓝溪五种,在今湖南、贵州两省接界处,古五溪族所居。至今当地居民仍保持着五色衣服。

④共云山:是说自己与溪人共处。

⑤羯(jié)胡:指安禄山。安禄山父系出于羯胡,也即小月支种。兼指反叛梁朝的侯景。

⑥词客:指下庾信,也指自己。

⑦且未还:飘泊异地,欲归不得。

⑧庾信:梁朝诗人,字子山,新野(今属河南)人。为梁元帝出使北周,

被留,乃仕于周,常怀乡关之思,曾作《哀江南赋》以寄其意。这里把安禄山之叛唐比作侯景之叛梁,把自己的乡国之思比作庾信之哀江南。

赏　析

这是一首咏怀古人进而感怀自己的诗。作者于代宗大历元年(公元766年),先后游历了宋玉宅、庾信古居、昭君村、永安宫、先主庙、武侯祠等古迹,对于古代的才士、国色、英雄、名相,沉深崇敬,写下了《咏怀古迹》五首,以抒情怀。

这是五首中的第一首。开首以战乱之际,我在东北一带颠沛流离;辗转入蜀,更是居无定处漂泊东西。我在三峡的楼台,留滞了不少日月;在湘贵交界,与五溪夷人共处一起。羯胡之人事主多变,终究不可信赖;词客常忧乱伤时,我仍然流落外地。

首联写安史之乱起,漂泊入蜀居无定处。颔联写流落三峡、五溪,与夷人共处。颈联写安禄山狡猾反复,正如梁朝的侯景;自己飘泊异地,欲归不得,恰似当年的庾信。末联写庾信晚年《哀江南赋》极为凄凉悲壮。咏怀的是庾信,这是因为诗人对庾信的诗赋推崇备至,极为倾倒。

他曾经说:"清新庾开府""庾信文章老更成"。另一方面,当时他即将有江陵之行,情况与庾信漂泊有相通之处。暗寓自己的乡国之思。抚今追惜,庾信的一生最萧条索寞;他晚年的诗斌,惊动江关传之千里。全诗写景写情,均属亲身体验,深切真挚,议论精当,耐人寻味。

91

庾信平生最萧瑟,暮年诗赋动江关。

蜀　相①

丞相祠堂何处寻,锦官城②外柏森森。

映阶碧草自③春色,隔叶黄鹂空好音。

三顾④频烦天下计,两朝⑤开济⑥老臣心。

出师未捷身先死,长使英雄泪满襟。

注 释

①蜀相:三国时蜀国丞相,指诸葛亮。

②锦官城:现四川省城都市。

③自:空。

④三顾:指刘备三顾茅庐。

⑤两朝:刘备、刘禅父子两朝。

⑥开济:指帮助刘备开国和辅佐刘禅继位。

文学常识丛书

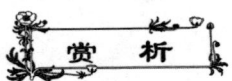
赏 析

　　这首诗是杜甫在漂泊西南时,为追怀诸葛亮所作。这首诗在艺术上颇具特色:一是抓住祠堂典型环境的特征,来渲染寂静、肃穆的气氛,把诗人对诸葛亮的怀念表现得十分真切。二是对诸葛亮的政治活动作概括的描述,勾画出了一个有为的政治家的形象。结尾两句,更从诸葛亮功业未遂留给后人无限怀念,表达了对诸葛亮的赞美和惋惜之情。这两句苍凉悲壮,是千古传诵的名句。

三国时蜀汉丞相诸葛亮力扶王室、志清宇内、鞠躬尽瘁、死而后已的伟大形象,成为后世忠君爱国的士大夫们崇拜学习的榜样。每逢国家动荡之秋或偏安之时,总有一些诗人们将诸葛亮形诸笔墨,通过热切地呼唤英灵来寄寓自己希望当代英豪站出来平定天下的理想。杜甫此诗作于上元元年(760年)初到成都之时。这时持续了五年之久的安史之乱尚未平定,国家命运仍在风雨飘摇之中,在这样的大背景下杜甫到成都郊外的武侯祠去凭吊,写作此诗,自然不单是发思古之幽情,而是含有忧时忧国之情。

读着这首诗,我们脑际浮现的,决不只是往古英雄诸葛亮的形象。还有主人公伤时感事、叹息哭泣的荧荧泪光。

这是一首感情极为浓烈的政治抒情诗,它的悼惜英雄、感伤时事的悲痛情绪渗透在每一句每一字之间,但表现手法却颇有奇特之处。它既不直言抒情,也不婉转托意,而是采取前半描写景物,后半纯乎用事与议论的办法,以写景时的心理活动线索开启出对于凭吊对象的精当评论,从中自然透发出诗人满腔的激情。

诗的前四句,描写祠堂之景,在描写中隐然流露出同样是忠君爱国者的杜甫对于诸葛亮的迫切仰慕之情。

首联二句,自为问答,但目的不是为了交代地理位置,而是为了寄寓感情,故用"何处寻"以显访庙吊古心思的急切。

次联二句,写祠庙荒凉之景,"自""空"两个虚字是此联之眼,其作用有二:一是感叹碧草娇莺无人赏玩,显出英雄长逝,遗迹荒落;二是惋惜连与英灵作伴的草木禽鸟不解人事代谢,不会凭吊那位伟大的古人。"白春色""空好音"的叹息,流露出对诸葛亮的深沉悲痛。以此景中含情的描写,过渡到后半篇作者自己站出来对诸葛亮进行评论与哀悼,便显得前后紧密呼应,感情十分真挚强烈。

末联"出师未捷身先死,长使英雄泪满襟"二句,道出千古失意英雄的同感。唐代永贞革新的首领王叔文、宋代民族英雄宗泽等人在事业失败时都愤然诵此二语,可见这首诗思想内容与艺术技巧所铸成的悲剧美是如何历久不衰了。

出师未捷身先死,长使英雄泪满襟。

作者简介

　　岑参(715—710 年),江陵(今湖北省江陵县)人,天宝三年进士。他的诗给人以惊险、奇伟的感觉,形成"语奇体峻、意亦造奇"的独特艺术风格,成为边塞诗派的杰出代表作家之一。其诗名与高适并称,有《岑嘉州集》。

原文

逢入京使

故园①东望路漫漫，双袖龙钟②泪不干。

马上相逢无纸笔，凭③君传语报平安。

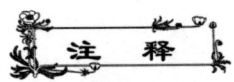

注释

①故园：指长安。

②龙钟：流泪的样子。

③凭：托。

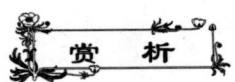

赏析

这是一首边塞诗，盛唐时代，是边塞诗空前繁荣的时代，出现了以高适、岑参为代表的边塞诗派，他们的创作为百花齐放的盛唐诗坛，增添了一支奇葩。

此诗约写于天宝八载（749年），这年岑参第一次从军西征，他辞别了居住在长安的妻子，跃马踏上了漫漫的征途，充任安西节度使高仙芝的幕府书记，西出阳关，奔赴安西。岑参的从军，思想上有两根精神支柱：一个支柱是建功边陲的理想在鼓舞着他，他曾自言："功名只应马上取，真正英雄一丈夫。"（《送李副使赴碛西官军》）另一个支柱是，他认为从军出塞是为了报效祖国，赴国家之急。他曾自我表白："万里奉王事，一身无所求，也知塞垣苦，岂为妻子谋。"（《初过陇山途中呈宇文判官》）正是基于这两点，所以他的边塞诗多数是昂扬乐观的，表现出唐军高昂的士气和震撼大地的声威。但当一个战士踏上征途之后，他们不可能没有思乡的感情，也不可能不思念父母妻子。

此诗的第一句"故园东望路漫漫"是写眼前的实景。"故园"指自己的家园，"东望"点明家园的位置，也说明自己在走马西行。"路漫漫"三字，说明离家之远。诗人辞家远征，回首望故乡，自觉长路漫漫，平沙莽莽，真不知家山何处？"漫漫"二字，给人以茫茫然的感觉。下句诗"双袖龙钟泪不干"写思乡的情状。思乡之泪，龙钟交横，涕泗滂沱，这多少有点夸张，但"夸而有节，饰而不诬"（《文心雕龙夸饰》篇）。仍不失为真实，我们仍然可以说上句写的是实景，下句写的是实情。

第二句"马上相逢无纸笔""逢"字点出了题目。在赴安西的途中，遇到作为入京使者的故人，彼此都鞍马倥偬，交臂而过，一个继续西行，一个东归长安，而自己的妻子也正在长安，正好托故人带封平安家信回去，可偏偏又无纸笔，彼此行色匆匆，只好托故人带个口信，"凭君传语报平安"吧。这最后一句诗。处理得很简单，收束得很干净利落，但简净之中寄寓着诗人的一片深情，寄至味于淡薄，颇有韵味。

如果将这四句诗比高下的话，后两句诗则更有味，她好就好在诗人提炼出特定环境下的典型情节，既自然、合情合理，又别出心裁，诗人摄取的生活镜头，有浓厚的边塞生活气息。"马上相逢"的情节，很有军旅生活的特色，描绘出彼此行色匆匆的情景，因无纸笔而用口信代家书，给人以新鲜之感。

此诗语言自然质朴,不假雕琢,好似信手拈来,随口而出,既有生活味,又有人情味,清新隽永,耐人寻味。

绝妙佳句

马上相逢无纸笔,凭君传语报平安。

作者简介

　　司空曙（720—794 年），字文明，唐代诗人，"大历十才子"之一。其诗多为行旅赠别之作，长于抒情，多有名句。有《司空文明诗集》。司空曙的诗歌大部分属于酬赠之作，由于仕途蹭蹬，又长期迁谪，所以他对遭遇不幸的友人常常表现出深切的关心。

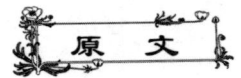

喜外弟卢纶见宿①

静夜四无邻，荒居旧业贫。

雨中黄叶树，灯下白头人。

以我独沉久，愧君相见频。

平生自有分，况是蔡家亲②。

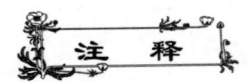
注 释

①见宿：留下住宿。

②分(fèn)：情谊。蔡家亲：也做霍家亲。晋羊祜为蔡邕外孙，这里借指两家是表亲。

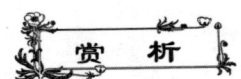
赏 析

司空曙和卢纶都在"大历十才子"之列，诗歌功力相匹，又是表兄弟。从这首诗，可以看见他俩的亲密关系和真挚情谊；而且可以感受到作者生活境遇的悲凉。据《唐才子传》卷四载，司空曙"磊落有奇才"，但因为"性耿介，不干权要"，所以落得宦途坎坷，家境清寒。这首诗正是作者这种境遇的写照。

前四句描写静夜里的荒村，陋室内的贫士，寒雨中的黄叶，昏灯下的白发,通过这些,构成一个完整的生活画面。这画面充满着辛酸和悲哀。后四句直揭诗题,写表弟卢纶来访见宿,在悲凉之中见到知心亲友,因而喜出望外。近人俞陛云《诗境浅说》说,这首诗"前半首写独处之悲,后言相逢之喜,反正相生,为律诗一格"。从章法上看,确是如此。前半首和后半首,一悲一喜,悲喜交感,总的倾向是统一于悲。后四句虽然写"喜",却隐约透露出"悲";"愧君相见频"中的一个"愧"字,就表现了悲凉的心情。因之,题中虽着"喜"字,背后却有"悲"的滋味。一正一反,互相生发,互相映衬,使所要表现的主旨更深化了,更突出了。这就是"反正相生"手法的艺术效果。

诗中情

比兴兼用,也是这首诗重要的艺术手法。"雨中黄叶树,灯下白头人",不是单纯的比喻,而是进一步利用作比的形象来烘托气氛,特别富有诗味,成了千古名句。用树之落叶来比喻人之衰老,是颇为贴切的。树叶在秋风中飘落,和人的风烛残年正相类似,相似点在衰飒。这里,树作为环境中的景物,起了气氛烘托的作用,类似起兴。"黄叶树"自然也烘托了悲的情绪。比兴兼用,所以特别富有艺术感染力。另如谢榛云:"窗里人将老,门前树已秋。"白乐天曰:"树初黄叶日,人欲白头时。"而司空曙的:"雨中黄叶树,灯下白头人。"在三诗中堪称为优。司空曙此诗颔联之所以"为优",在于比谢、白多了雨景和昏灯这两层意思,虽然这两层并无"比"的作用,却大大加强了悲凉的气氛。司空曙"雨中""灯下"两句之妙,就在于运用了兴而兼比的艺术手法。

101

雨中黄叶树,灯下白头人。

作者简介

刘长卿(约 725—786 年),唐代诗人。字文房。宣城(今属安徽)人。年轻时在嵩山读书,玄宗天宝中登进士第。肃宗至德年间任监察御史,后为长洲县尉,因事得罪,贬为岭南的南巴尉。经过江西时,与诗人李白等有诗注来。著录有《唐刘随州诗集》11卷,为明翻宋本诗 10 卷、文 1 卷。现在通行的如《畿辅丛书》本的《刘随州集》《四部丛刊》本的《刘随州文集》,都为这种 11 卷本。《全唐诗》编录其诗为 5 卷。

自夏口至鹦鹉洲夕望岳阳寄源中丞

汀洲①无浪复无烟,楚客②相思益渺然。

汉口夕阳斜渡鸟,洞庭秋水远连天。

孤城③背岭寒吹角④,独树临江夜泊船。

贾谊上书忧汉室,长沙谪去古今怜。⑤

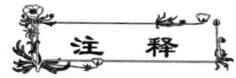

①汀洲:水中可居之地,指鹦鹉洲。

②楚客:指到此的旅人。夏口古属楚国境。直道相思了无益,未妨惆怅是清狂。

③孤城:指汉阳城,城后有山。

④角:古代军队中的一种吹乐器。

⑤贾谊上书:贾谊曾向汉文帝上《治安策》。长沙谪去:指贾谊被贬为长沙王太傅。

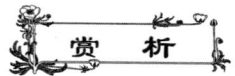

当年贾谊上书文帝,全是忧心汉室;他却被贬谪居长沙,古今谁不衰怜!这首诗是作者在唐肃宗至德年间任鄂岳转运留后任内所作。诗中对

被贬于岳阳的元中丞，表示怀念和同情。

前六句主要是描绘江乡浩渺静谧之景。鹦鹉洲在长江中浮沉，无浪也无烟；我这楚客思念中丞，心绪更加渺远。汉口斜映着夕阳，飞鸟都纷纷归巢；洞庭湖的秋水，烟波浩渺远接蓝天。汉阳城后的山岭，传来悲凉的号角；滨临江边的独树旁，夜里泊着孤船。

诗的一联诗人通过写江上浪烟来寄托对友人的思念之情。二联"夕阳度斜鸟"写时间已晚，无法到达；"秋水远连关"写地域遥远，只能相思，不得相过。最后两句"贾谊上书忧汉室，长沙谪去古今怜"为劝慰元中丞语。全诗语言圆熟，意境开阔，结构紧密，是艺术上较为成熟的作品。

这首诗虽然是遭贬后抚景感怀之作。但借怜贾谊贬谪长沙，以喻自己的遭贬谪。全诗以写景为主，但处处切题，以"汀洲"切鹦鹉洲，以"汉口"切夏口，以"孤城"切岳阳。最后即景生情，抒发被贬南巴的感慨，揭示出向元中丞寄诗的意图。

绝妙佳句

贾谊上书忧汉室，长沙谪去古今怜。

作者简介

  韦应物(约737—793年),唐代诗人。长安(今陕西西安)人。以五言见长,尤以山水田园诗著名。其诗风格秀朗,气韵澄彻,诗品高洁。他诗学陶公,人亦与之相近。贞元元年(785年),为江州刺史。贞元四年,入朝为左司郎中。贞元七年退职,寄居苏州永定寺。世称韦江州、韦左司或韦苏州。韦应物诗中最为人们传诵的是山水田园诗。后人每以"陶韦"或"王孟韦柳"并称,把他归入山水田园诗派。今传韦应物集有《四部丛刊》影印明嘉靖十卷本、《韦江州集》清汪立名辑订两卷本。

寒食寄京师诸弟

雨中禁火空斋①冷，江上流莺②独坐听。

把酒③看花想诸弟，杜陵④寒食草青青。

①禁火：旧俗清明前一日或二日为"寒食"。寒食不举火，故称禁火。斋（zhāi）：祭祀鬼神的庙宇。

②流莺：飞行不定的黄莺。

③把酒：用手端着酒杯。

④杜陵：地名。在今陕西西安市东南。

文学常识丛书

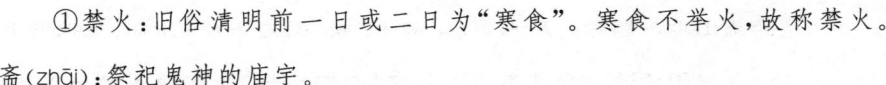

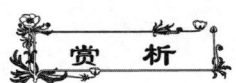

韦应物诗集中收录寄诸弟诗近20首，可以看出他是一个手中情深的诗人。而正由于出自性情，发自胸臆，所以这首诗虽只是即景拈来，就事写出，却令人感到蕴含深厚，情意悠长。

就章法而言，这首诗看似平铺直叙，顺笔写来，而针线极其绵密。诗的首句从近处着笔，实写客中寒食的景色；末句从远方联想，遥念故园寒食的景色。这一起一收，首尾呼应，紧扣诗题。中间两句，一句暗示独坐异乡，一句明写想念诸弟,上下绾合,承接自然。两句中,一个"独"字、一个"想"字,对全篇有穿针引线的妙用。第二句的"独"字,既是上句"空"字的延伸,又是下句"想"字的伏笔;而第三句的"想"字,既由上句"独"字生发,又统辖下句,直贯到篇末,说明杜陵青草之思是由人及物,由想诸弟而联想及之。从整首诗看,它是句句相承,暗中勾连,一气流转,浑然成章的。

在表面上,这首诗除第三句直抒情意外,通篇写景;而从四句之间的内在联系看,正是这第三句在全诗中居主位,其余三句居宾位,一切雨中空斋、江上流莺以及杜陵草青之景,都是围绕第三句而写的。王夫之在《夕堂永日绪论》中说:"无论诗歌与长行文字,俱以意为主。"又说:"诗文俱有主宾。无主之宾,谓之乌合。"这首诗的第三句,如他所说,是"立一主以待宾"。这样,上下三句就不是乌合的无主之宾,"乃俱有情而相浃洽"。换言之,正因为诗人情深意真,在下笔时把"想诸弟"的情意贯串、融合在全诗之中,就使四句诗相互融洽,成为一个极其和谐的整体。

当然,宾虽然不能无主,而主也不能无宾。这首诗的第三句又有赖于上两句和下一句的烘托。这首诗的一、二两句,看来不过如实写出身边景、眼前事,但也含有许多层次和曲折。第一句所写景象,寒食禁火,万户无烟,本来已经够萧条的了,更逢阴雨,又在空斋,再加气候与心情的双重清冷,这样一层加一层地写足了环境气氛。第二句同样有多层意思,"江上"是一层,"流莺"是一层,"坐听"是一层,而"独坐"又是一层。这句,本是随换句而换景,既对春江,又听流莺,一变上句所写的萧条景象,但在本句中却用一个"独"字又折转回来,在多层次中更显示了曲折。两句合起来,对第三句中表达的"想诸弟"之情起了层层烘染、反复衬托的作用。至于紧接在第三句后的结尾一句,把诗笔宕开,寄想象于故园的寒食景色,就更收烘托之妙,进一步托出了"想诸弟"之情,使人更感到情深意远。

这首诗,运笔空灵,妙有含蓄,而主要得力于结尾一句。这个结句,就本句说是景中见情,就全篇说是以景结情,收到藏深情于行间、见风韵于篇外的艺术效果。它既透露了诗人的归思,也表达了对诸弟、对故园的怀念。这里,人与地的双重怀念是交相触发、融合为一的。

把酒看花想诸弟,杜陵寒食草青青。

文学常识丛书

作者简介

　　李益(748—829 年)，字君虞，唐代诗人，祖籍陇西姑臧(今甘肃武威)。大历四年进士及第，六年中讽谏主文科，授郑县(今陕西华县)尉，久不得升迁，后弃官在燕赵一带漫游。宪宗时官秘书少监，终礼部尚书。诗风豪放明快，尤以边塞诗为有名。

喜见外弟①又言别

十年离乱后，长大一相逢。

问姓惊初见，称名忆旧容。

别来沧海事②，语罢暮天钟③。

明日巴陵④道，秋山又几重。

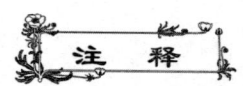

①外弟：表弟，古代称呼姑、舅、姨之子为外兄弟。

②沧海事：指动荡剧烈、变化巨大的世事。此外，用了麻姑见沧海变桑田的典故。

③暮天钟：深夜报时的钟声。

④巴陵：指唐岳州巴陵郡。治所在巴陵县，今湖南岳阳。

文学常识丛书

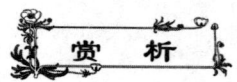

这首诗艺术地再现了诗人同表弟久别重逢又匆匆话别的情景。在以人生聚散为题材的小诗中，它历来引人注目。

"十年离乱后，长大一相逢"，开门见山，介绍二人相逢的背景。这里有三层意思：一是指出离别已有十年之久。二是说明这是社会动乱中的离别。它使人想起,发生于李益 8 岁到 16 岁时的安史之乱及其后的藩镇混战、外族入侵等战乱。三是说二人分手于幼年,"长大"才会面,这意味着双方的容貌已有极大变化。他们长期音信阻隔,存亡未卜,突然相逢,颇出意外。句中"一"字,表现出这次重逢的戏剧性。

颔联"问姓惊初见,称名忆旧容",正面描写重逢。他们的重逢,同司空曙所描写的"乍见翻疑梦,相悲各问年"中的情景显然不同。互相记忆犹新才可能"疑梦",而李益和表弟却已经对面不能相认了。看来,他们是邂逅相遇。诗人抓住"初见"的一瞬间,作了生动的描绘。面对陌生人,诗人客气地询问:"贵姓?",不由暗自惊讶。对一个似未谋面者的身份和来意感到惊讶。

下句"称名"和"忆旧容"的主语,都是作者。经过初步接谈,诗人恍然大悟,面前的"陌生人"原来就是十年前还在一起嬉戏的表弟。诗人一边激动地称呼表弟的名字,一边端详对方的容貌,努力搜索记忆中关于表弟的印象。想来,他当时还曾说:你比从前……

诗人从生活出发,抓住了典型的细节,从"问"到"称",从"惊"到"忆",层次清晰地写出了由初见不识到接谈相认的神情变化,绘声绘色,细腻传神。而至亲重逢的深挚情谊,也自然地从描述中流露出来,不需外加抒情的笔墨,已经为读者所领略了。

十年阔别,一朝相遇,该有多少话语要说! 颈联"别来沧海事,语罢暮天钟",表现了这倾诉别情的场面。分手以来千头万绪的往事,诗人用"沧海事"一语加以概括。这里化用了沧海桑田的典故,突出了十年间个人、亲友、社会的种种变化,同时也透露了作者对社会动乱的无限感慨。

两人热烈地交谈,从白天到日暮才停下话音。叙谈时间长,正表明他们情谊的深长。"暮天钟"并不是单纯作为日暮的标志而出现的。它表明二人叙谈得十分入神,以至顾不上观望天色的变化,也感觉不到时间的流逝，只有远处传来寺院的钟声，才使他们意识到原来已是黄昏。作者在这一联，避实就虚，择取了叙旧时间很长这个侧面，表现出二人欢聚时的热烈气氛和激动心情。

前六句，从久别，到重逢，到叙旧，写"喜见"，突出了一个"喜"字；七、八句转入"言别"。作者没有使用"离别"的字样，而是想象出一幅表弟登程远去的画图："明日巴陵道，秋山又几重"。"明日"，点出聚散匆匆。"巴陵道"，即通往巴陵郡（今湖南岳阳）的道路，这里提示了表弟即将远行的去向。"秋山又几重"则是通过重山阻隔的场景，把新的别离，形象地展现在读者面前。

这首诗不以奇特警俗取胜，而以朴素自然见长。诗中的情景和细节，似曾人人经历过的，这就使人们读起来，感觉十分亲切。诗用凝练的语言，白描的手法，生动的细节，典型的场景，层次分明地再现了社会动乱中人生聚散的独特一幕，委婉蕴藉地抒发了真挚的至亲情谊和深重的动乱之感。

问姓惊初见，称名忆旧容。

作者简介

　　孟郊（751—814 年），字东野，湖州武康（今浙江德清县）人。46 岁中进士。孟郊专写古诗，以短篇五绝最多，现存诗歌 500 多首。《游子吟》是其代表作，在民间广为流传。

游子吟①

慈母手中线，游子身上衣。

临行密密缝，意恐迟迟归。

谁言寸草②心③，报得三春晖。

①游子吟：游子，在外做客的人。吟，诗歌的一种名称。

②寸草：在这里象征子女。

③心：草木的茎干叫做心。在这里"心"字双关。

深挚的母爱，无时无刻不在沐浴着儿女们。诗中亲切而真淳地吟诵了一种普通而伟大的人性美——母爱，因而引起了无数读者的共鸣，千百年来一直脍炙人口。

然而对于孟郊这位常年颠沛流离、居无定所的游子来说，最值得回忆的，莫过于母子分离的痛苦时刻了。此诗描写的就是这种时候，慈母缝衣的普通场景，而表现的，却是诗人深沉的内心情感。开头两句"慈母手中线，游子身上衣"，实际上是两个词组，而不是两个句子，这样写就从人到物,突出了两件最普通的东西,写出了母子相依为命的骨肉之情。紧接两句写出人的动作和意态,把笔墨集中在慈母上。行前的此时此刻,老母一针一线,针针线线都是这样的细密,是怕儿子迟迟难归,故而要把衣衫缝制得更为结实一点儿罢。其实,老人的内心何尝不是切盼儿子早些平安归来呢!慈母的一片深笃之情,正是在日常生活中最细微的地方流露出来。朴素自然,亲切感人。这里既没有言语,也没有眼泪,然而一片爱的纯情从这普通常见的场景中充溢而出,拨动了每一个读者的心弦,催人泪下,唤起普天下儿女们亲切的联想和深挚的忆念。

最后两句,以当事者的直觉,翻出进一层的深意:"谁言寸草心,报得三春晖。"诗人出以反问,意味尤为深长。这两句是前四句的升华,通俗形象的比兴,加以悬绝的对比,寄托了赤子炽烈的情意:对于春天阳光般厚博的母爱,区区小草似的儿女怎能报答于万一呢。真有"欲报之德,昊天罔极"之意,感情是那样淳厚真挚。

这是一首母爱的颂歌,在宦途失意的境况下,诗人饱尝世态炎凉,穷愁终身,故愈觉亲情之可贵。"诗从肺腑出,出辄愁肺腑"(苏轼《读孟郊诗》)。这首诗,虽无藻绘与雕饰,然而清新流畅,淳朴素淡中正见其诗味的浓郁醇美。留给人们的深刻印象,是历久而不衰的。

慈母手中线,游子身上衣。

作者简介

　　白居易(772—846年)，唐代大诗人，字乐天，晚年号香山居士，山西太原人。主张"文章合为时而著，歌诗合为事而作"。其诗语言通俗，相传老妪也能听懂。除讽喻诗《观刈麦》外，长篇叙事诗《长恨歌》《琵琶行》，均甚有名。

　　白居易出生时，李白已逝世十年，杜甫也去世两年。时代需要大诗人，白居易适逢其时。他因出身书香门第，自幼又绝顶聪明，6岁便学写诗，9岁便能够辨别声韵。后来忆及当时读书情况，他说："昼课赋，夜课书，间又课诗，不遑寝息矣，以至于口舌生疮，手肘成胝。"少年时代颠沛流离的避难生活，使他对社会各方面都有所了解。这些原因，造就了白居易这位杰出的诗人。

文学常识丛书

观刈麦①

田家少闲月,五月人倍忙。

夜来南风起,小麦覆陇②黄。

妇姑③荷③箪④食,童稚携壶浆⑥。

相随饷田⑦去,丁壮⑧在南冈。

足蒸暑土气⑨,背灼炎天光⑩。

力尽不知热,但惜⑪夏日长。

复有贫妇人,抱子在其旁。

右手秉遗穗⑫,左臂悬敝筐。

听其相顾言,闻者为悲伤。

家田⑬输税⑭尽,拾此充饥肠。

今我何功德,曾不事⑮农桑。

吏禄三百石,岁晏⑯有余粮。

念此私⑰自愧,尽日不能忘。

注 释

①刈(yì)麦:即割麦。

②陇:同"垄",田埂,这里泛指麦地。

③妇姑：媳妇、婆婆，古时媳妇称婆婆叫姑，称公公叫舅。

④荷：肩挑；用篮子盛着食物，这里即指饭篮。

⑤箪：古代一种盛饭的圆形竹器。

⑥壶浆：用壶装着汤水，这里即指水壶。

⑦饷田：给田里干活的人送饭。

⑧丁壮：成年的男劳力。

⑨足蒸暑土气：双脚受地面的热气熏蒸。

⑩背灼炎天光：脊背受炎热的阳光烘烤。

⑪惜：珍惜，舍不得浪费。

⑫秉遗穗：握着从田里拾取的麦穗。秉，用手握着。

⑬家田：这里指一个庄稼户的产业。

⑭输税：交纳租税。

⑮事：从事。

⑯岁晏：年底。晏，晚。

⑰私：指自己。

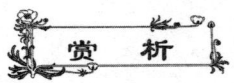 赏　析

　　白居易在诗末写道"念此私自愧"，看似一种自责，其实更说明他是一个清官、好官。当"赤日炎炎似火烧，王孙公子把扇摇"的时候，他能够体察农民挥汗如雨、两腿是泥的艰辛；当白居易四下出访，经过田间地头的时候，他能够停下来和农民攀谈，了解他们的痛苦，体会他们的复杂心情；当白居易衣食无忧，生活富足的时候，他没有忘记农民在忍饥挨饿，他觉得自己窝居官位，对不起农民。与那些贪官污吏相比，他的这种思想，这种体验，像金子一样闪闪发光。

此诗开头四句先交代时间及其环境气氛。下文要说的事情就发生"人倍忙"的五月。而且一开头就流露出了作者对劳动人民的同情:"夜来南风起,小麦覆陇黄",一派丰收景象,大画面是让人喜悦的。可是谁又能想到在这丰收景象掩映着的辛酸与悲哀呢?关中平原的麦收时节也正是暴风频发的日子。倘若老天瞎眼,一夜南风催来一场暴雨,一年的收成便化为乌有。正因为如此,才有了田家"惜日长"那样不要命般的抢收场面。"夜来南风起"看似信手拈来,实为作者匠心所在,我们不仅想象得出收麦人因为对天气的担心,夜深人静听悠悠南风不得入眠,同时也不难看出诗人深入生活的根基。

第二层八句,具体地展现出一户田家的五月收麦图。天气如此之热,白天又如此之长,全家老小竭力苦干,就怕浪费一点时间。"惜"字在这里用得非常好,是用一种违背人之常情的写法来突出人们此时此地的感情烈度。白居易的《卖炭翁》中有"可怜身上衣正单,心忧炭贱愿天寒"之语,"愿"字的用法与此处"惜"字的用法正同。卖炭老人,尽管寒风凛冽,衣衫单薄,他还是愿意天气冷一些、再寒冷一些,如此炭才可以卖个好价钱。老人为衣食所迫而变态反常。《观刈麦》中的"力尽不知热,但惜夏日长",同样也是一种变态心理。尽管烈日炎炎,炙烤大地,尽管土气蒸腾,酷热难当,可是,已经累得汗流浃背,气喘吁吁的农家反而希望如此炎热的白天能够再长一些、再延长一些。多么可怕的苛税,它完全剥夺了人民感受生活,享受快乐的天性。

第三层八句,镜头转向一个被苛捐杂税弄得破了产的贫妇人,现时只能以拾麦穗为生,比收麦者更穷困。我们不难想象,在麦收的时候,还有麦穗可捡,换个别的时候,就只有去沿街乞讨了。而她们家在去年、或前年,也是有地可种、有麦可收的人家呀,只是后来让官税弄得走投无路,把家产,土地都折变了,至使今天落到了这个地步。读到这里不禁想问:收麦人自家地里落下的麦穗怎么能让外人捡了去？是他们家粮食多的不行？还是自己家人懒得去捡呢？都不是。与其说是这家人对"贫妇人"的同情与包容，到不如说是对自家日后命运的悲悯——今日收麦者焉知它日不被沦为拾麦人？

第四层六句运用了对比的手,法在写了农民在酷热的夏天的劳碌与痛苦之后，联想自己，感到自己没有"功德"，又"不事农桑"，却拿"三百石"俸禄，到年终还"有余粮"。道出面对丰收下出现如此悲惨景象的自疚自愧。诗的最后引发感慨，这是白居易讽谕诗的共同特点。白居易写讽谕诗目的是"唯歌生民病，愿得天子知"这首诗的议论不是直接指向社会病根，而是表现为自疚自愧，这也是一种对整个官僚贵族社会的隐约批评。白居易只是一个三百石的小小县尉呀，那些大官僚、大贵族们难道不应该有更大的自疚自愧吗！赋税是皇帝管的，白居易无法公开反对，他只能用这种结尾来达到讽谕的目的。

最后我们来看作品的题目：《观刈麦》。画面上实际出现的，除了刈麦者，还有一个拾麦人，而且作者的关心也恰恰是更偏重在后者身上。这位妇女们带着自己的孩子，冒着炎炎烈日，来到田里给正在收麦的人们送饭送水。男人们正在埋头割麦，他们脚下暑气熏蒸，背上烈日烘烤，虽然已经累得筋疲力尽却全然不顾，只是希望趁着夏日天长能够多干一些活。妇人怀里抱着孩子，手里提着破篮子，在割麦者旁边拾麦。为什么要来拾麦呢？因为她家的田地已经"输税尽"了，如今无田可种，无麦可收，只好靠拾麦充饥。一个"税"道出了劳动人民的辛苦劳作却食不果腹的真正原因。

看着夏日割麦的艰辛和贫妇在田中拾穗的可怜与悲苦，联想自己生活的舒适，深感不安。诗人在那个时代能够主动去和农民对比，反思自己，体恤平民，真的是难能可贵。白居易由农民的千辛万苦，生死挣扎而想到自己养尊处优、袖手旁观的愧疚和羞耻。他们这种关注民生，体察民情的人道主义情怀必将划破历史的夜空，光照千古！

　　吏禄三百石，岁晏有余粮。念此私自愧，尽日不能忘。

121

自河南经乱

时难年荒世业①空,弟兄羁旅②各西东。

田园寥落③干戈后,骨肉流离道路中。

吊影分为千里雁,辞根④散作九秋蓬。

共看明月应垂泪,一夜乡心五处同。

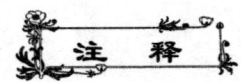
注 释

①世业:世代传下的产业。

②羁(jī)旅:犹漂泊。

③寥落:冷落。

④根:喻兄弟

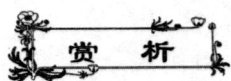
赏 析

这是一首感情浓郁的抒情诗,读来如听诗人倾诉自己身受的离乱之苦。在这战乱饥馑灾难深重的年代里,祖传的家业荡然一空,兄弟姊妹抛家失业,羁旅行役,天各一方。回首兵燹后的故乡田园,一片寥落凄清。破敝的园舍虽在,可是流离失散的同胞骨肉,却各自奔波在异乡的道路之中。

诗的前两联就是从"时难年荒"这一时代的灾难起笔,以亲身经历概括出战乱频年、家园荒残、手足离散这一具有典型意义的苦难的现实生活。接着诗人再以"雁""蓬"作比：手足离散各在一方，犹如那分飞千里的孤雁，只能吊影自怜；辞别故乡流离四方，又多么像深秋中断根的蓬草，随着萧瑟的西风，飞空而去，飘转无定。

"吊影分为千里雁，辞根散作九秋蓬"两句，一向为人们所传诵。诗人不仅以千里孤雁、九秋断蓬作了形象贴切的比拟，而且以吊影分飞与辞根离散这样传神的描述，赋予它们孤苦凄惶的情态，深刻揭示了饱经战乱的零落之苦。

孤单的诗人凄惶中夜深难寐，举首遥望孤悬夜空的明月，情不自禁联想到飘散在各地的兄长弟妹们，如果此时大家都在举目遥望这轮勾引无限乡思的明月，也会和自己一样潸潸泪垂吧！恐怕这一夜之中，流散五处深切思念家园的心，也都会是相同的。诗人在这里以绵邈真挚的诗思，构出一幅五地望月共生乡愁的图景，从而收结全诗，创造出浑朴真淳、引人共鸣的艺术境界。

全诗以白描的手法，采用平易的家常话语，抒写人们所共有而又不是人人俱能道出的真实情感。清刘熙载在《艺概》中说："常语易，奇语难，此诗之初关也。奇语易，常语难，此诗之重关也。香山用常得奇，此境良非易到。"白居易的这首诗不用典故，不事藻绘，语言浅白平实而又意蕴精深，情韵动人，堪称"用常得奇"的佳作。

吊影分为千里雁，辞根散作九秋蓬。

作者简介

　　柳宗元（公元 773—819 年），字子厚，河东（在现在山西省）人，唐代著名诗人、文学家和思想家。因参加反对宦官和贵族大官僚的政治革新活动，所以长期受到权贵的迫害。其散文题材多样，寓意深刻，文笔犀利。他是"唐宋散文八大家"的代表人物，在中国文学史上占有重要地位。

文学常识丛书

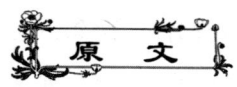

诗中情

别舍弟宗一

零落残魂倍黯然,双垂别泪越江①边。

一身去国六千里②,万死投荒③十二年。

桂岭④瘴来云似墨,洞庭春尽水如天。

欲知此后相思梦,长在荆门郢⑤树烟。

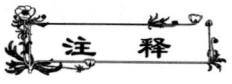
注释

①越江:即粤江,此处指柳江。

②六千里:柳州到西京五千二百七十里,形容路程远。

③投荒:抛弃于荒野。此喻被贬谪。

④桂岭:五岭之一,山多桂树,故名。

⑤荆、郢(yǐng):古楚都,今湖北江陵西北。

赏析

元和十一年(816年)春,柳宗元的堂弟宗一从柳州到江陵去,柳宗元写了这首诗送别。全诗苍茫劲健,雄浑阔远,感慨深沉,感情浓烈,抒发了诗人政治上生活上郁郁不得志的悲愤之情。

诗的一、三、四联着重表现的是兄弟之间的骨肉情谊。一联开篇点题,点明别离,描叙兄弟惜别之情。"越江",即粤江,这里是指柳江。两句意思是说:自己的心灵因长期贬谪生活的折磨,已经成了"零落残魂";而这残魂又遭逢离别,更是加倍黯然神伤。在送兄弟到越江边时,双双落泪,依依不舍。

第三联是景语,也是情语,是用比兴手法把彼此境遇加以渲染和对照。"桂岭",在今广西贺县东北,这里泛指柳州附近的山岭。"桂岭瘴来云似墨",写柳州地区山林瘴气弥漫,天空乌云密布,象征自己处境险恶。"洞庭春尽水如天",遥想行人所去之地,春尽洞庭,水阔天长,山川阻隔,相见很难了。

诗的最后一联,说自己处境不好,兄弟又远在他方,今后只能寄以相思之梦,在梦中经常梦见"郢"(今湖北江陵西北)一带的烟树。"烟"字颇能传出梦境之神。诗人说此后的"相思梦"在"郢树烟",情谊深切,意境迷离,具有浓郁的诗味。

这首诗所抒发的并不单纯是兄弟之间的骨肉之情,同时还抒发了诗人因参加"永贞革新"而被贬窜南荒的愤懑愁苦之情。诗的第二联,正是集中地表现他长期郁结于心的愤懑与愁苦。从字面上看,"一身去国六千里,万死报荒十二年",似乎只是对他的政治遭遇的客观实写,因为他被贬谪的地区离京城确有五、六千里,时间确有十二年之久。实际上,在"万死""投荒""六千里""十二年"这些词语里,就已经包藏着诗人的抑郁不平之气,怨愤凄厉之情,只不过是意在言外,不露痕迹,让人"思而得之"罢了。我们知道,柳宗元被贬的十二年,死的机会确实不少,在永州就曾四次遭火灾,差一点被烧死。诗人用"万死"这样的夸张词语,无非是要渲染自己的处境,表明他一心为国,却被长期流放到如此偏僻的"蛮荒"之地,这该是多么不公平、多么令人愤慨呵!

南宋严羽在《沧浪诗话》中说:"唐人好诗,多是征戍、迁谪、行旅、别离

之作,往往能感动激发人意。"柳宗元的这首诗既叙"别离"之意,又抒"迁谪"之情。两种情意上下贯通,和谐自然地熔于一炉,确是一首难得的抒情佳作。

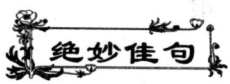

一身去国六千里,万死投荒十二年。

诗中情

127

与浩初上人同看山寄京华亲故

海畔尖山①似剑芒，秋来处处割愁肠。

若为化作身②千亿，散向峰头望故乡。

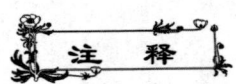

①尖山：指山峰俊俏。

②作身：佛教用语。

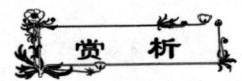

　　柳宗元这首诗，给我们以奇异的想象。其独特的艺术构思，把埋藏在心底的郁抑之情，不可遏止地倾吐了出来。它的抒情方式，是属于严羽《沧浪诗话》里所说的"沉着痛快"一类，这在唐人绝句中是不多见的。

　　柳宗元是个具有远大抱负的进步诗人。早年他参加了以王叔文为首的"永贞革新"，积极进行政治活动，不幸失败，贬为永州司马。十年之后，又被分发到更遥远的边荒之地——柳州。这首诗便是他任柳州刺史时所作。当时，他正当壮盛之年，"一斥不复，群飞刺天"（韩愈《祭柳子厚文》），政治上不断遭受到沉重的打击，使他心情愤激不平，终年生活在忧危愁苦之中。《新唐书》本传说他"既窜斥，地又荒疠，因自放山泽间。其埋厄感郁,一寓诸文"。这首诗里一连串的奇异想象,正是他那"堙厄感郁"心情的写照。

他之所以"自放山泽间",为的是借山水以消遣愁怀;然而借山水以消遣愁怀,如同李白所说,"抽刀断水水更流,举杯消愁愁更愁。"特别是那秋天季节,草木变衰,自然界一片荒凉,登山临水,触目伤怀,更使人百端交感,愁肠欲断。诗人从肠断这一意念出发,于是耸峙在四周围的崇山峻岭,着眼点就在于它的陡峭,在于它的"尖",从而使群山的形象,转化为无数利剑的锋芒,这"愁肠"仿佛就是被它们割断似的。说"海畔尖山",是指地处西南滨海,离故乡之远。身在贬所,"望故乡"而不能归,当然是痛苦的;然而"悲歌可以当泣,远望可以当归"(古乐府《悲歌行》),却又能从痛苦中得到某种满足。于是在无可奈何的矛盾心情的支配下,他就尽情地望去,唯恐其望得不够。这无数的像"剑芒"一样的"尖山",山山都可以望故乡,可是自己只有一个身子,一双眼睛,该怎么办呢?柳宗元是精通佛典的,而和他一同看山的浩初上人,便是龙安海禅师的弟子。佛经中不是有"化身"的说法吗?在一种微妙的启示下,于是他就想入非非,想到"化身千亿"了。

在这首诗里,诗人就是通过上述一系列的形象思维来揭示其内心世界的。

诗题标明"寄京华亲故"。"望故乡"而"寄京华亲故",意在诉说自己惨苦的心情、迫切的归思,希望在朝旧交能够伸出援手,使他得以孤死首丘,不至葬身瘴疠之地。

苏轼论唐人诗,以柳宗元和韦应物相提并论,指出他们的诗,"发纤秾于简古,寄至味于淡泊。"(见《书黄子思诗集后》)王士禛也说:"风怀澄澹推韦柳。""简古""淡泊"或"澄澹",乃是柳诗意境风格的一个方面,虽然是其主要的方面,但并不能概括柳诗的全貌。柳诗自有其别调。他的诗,象悬崖峻谷中凛冽的潭水,经过冲沙激石、千回百折的过程,最后终于流入险阻的绝涧,达到彻底的澄清。冷冷清光,鉴人毛发;岸旁兰芷,散发着幽郁的芬芳。但有时山洪陡发,瀑布奔流,会把它激起跳动飞溅的波澜,发出凄厉而激越的声响,使人产生一种魂悸魄动的感觉。此诗中诗人跳动飞溅的情感波澜无法抑制,恰如"山洪陡发,瀑布奔流",奔迸而出,因而产生了强烈的艺术感染力。

海畔尖山似剑芒,秋来处处割愁肠。

作者简介

　　温庭筠(约 801—866 年),本名岐,字飞卿,太原祁(今属山西)人。才思敏捷,尤工津赋,然屡试不第。他好讥讽权贵,多犯忌讳,因而长期抑郁,终生不得志。官仅国子助教。他精通音津,熟悉词调,在词的格津形式上,起了规范化的作用。艺术成就远在晚唐其他词人之上。现有《温庭筠诗集》《金奁集》,存词 70余首。

商山①早行

晨起动征铎②，客行悲故乡。

鸡声茅店月，人迹板桥霜。

槲③叶落山路，枳花明驿墙。

因思杜陵④梦，凫⑤雁满回塘。

①商山：又叫楚山，在今陕西省南部商县之南，作者曾在唐宣宗大中末年离开长安，经过这里。

②征铎：车行时悬挂在马颈上的铃铛。铎：大铃。

③槲（hú）：一种落叶乔木。

④杜陵：在长安城南，因汉宣帝陵墓所在而得名，这里指长安。作者此时从长安赴襄阳投友，途经商山。这句说：因而思想起在长安时的梦境。

⑤凫（fú）：野鸭。

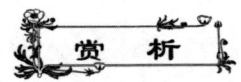

这首诗为千古名作。首句表现"早行"的典型情景，概括性很强。清晨起床，旅店里外已经叮叮当当，响起了车马的铃铎声，旅客们套马、驾车之类的许多活动已暗含其中。第二句固然是作者讲自己，但也适用于一般旅客。"在家千日好，出外一时难"。在封建社会里，一般人由于交通困难、人情浅薄等许多原因，往往安土重迁，怯于远行。"客行悲故乡"这句诗，很能够引起读者情感上的共鸣。

三、四两句，历来脍炙人口。梅尧臣曾经对欧阳修说：最好的诗，应该"状难写之景如在目前，含不尽之意见于言外"。欧阳修请他举例说明，他便举出这两句和贾岛的"怪禽啼旷野，落日恐行人"，并反问道："道路辛苦，羁旅愁思，岂不见于言外乎？"这两句诗可分解为代表十种景物的十个名词：鸡、声、茅、店、月、人、迹、板、桥、霜。虽然在诗句里，"鸡声""茅店""人迹""板桥"都结合为"定语加中心词"的"偏正词组"，但由于作定语的都是名词，所以仍然保留了名词的具体感。例如"鸡声"一词，"鸡"和"声"结合在一起，不是可以唤起引颈长鸣的视觉形象吗？"茅店""人迹""板桥"，也与此相类似。

古时旅客为了安全，一般都是"未晚先投宿，鸡鸣早看天"。诗人既然写的是早行，那么鸡声和月，就是有特征性的景物。而茅店又是山区有特征性的景物。"鸡声茅店月"，把旅客住在茅店里，听见鸡声就爬起来看天色，看见天上有月，就收拾行装，起身赶路等许多内容，都有声有色地表现出来了。

同样，对于早行者来说，板桥、霜和霜上的人迹也都是有特征性的景物。作者于雄鸡报晓、残月未落之时上路，也算得上"早行"了；然而已经是"人迹板桥霜"，这真是"莫道君行早，更有早行人"啊！

这两句纯用名词组成的诗句，写早行情景宛然在目，确实称得上"意象具足"的佳句。

"槲叶落山路，枳花明驿墙"两句，写的是刚上路的景色。商县、洛南一带，枳树、槲树很多。槲树的叶片很大，冬天虽干枯，却存留枝上；直到第二年早春树枝将发嫩芽的时候,才纷纷脱落。而这时候,枳树的白花已在开放。因为天还没有大亮,驿墙旁边的白色枳花,就比较显眼,所以用了个"明"字。可以看出,诗人始终没有忘记"早行"二字。

　　旅途早行的景色,使诗人想起了昨夜在梦中出现的故乡景色:"凫雁满回塘"。春天来了,故乡杜陵,回塘水暖,凫雁自得其乐;而自己,却离家日远,在茅店里歇脚,在山路上奔波呢!"杜陵梦",补出了夜间在茅店里思家的心情,与"客行悲故乡"首尾照应,互相补充;而梦中的故乡景色与旅途上的景色又形成鲜明的对照。眼里看的是"槲叶落山路",心里想的是"凫雁满回塘"。"早行"之景与"早行"之情,都得到了完美的表现。

　　鸡声茅店月,人迹板桥霜。

文学常识丛书

赠 少 年

江海①相逢客恨多，秋风叶下洞庭波。

酒酣②夜别淮阴市③，月照高楼一曲歌。

①江海：泛指外乡。

②酒酣(hān)：既喝足酒。

③市：商业交换场所古称"市"，碑立于楚州府市口。

赏　析

这首诗写的是浪迹江湖的诗人，在秋风萧瑟的时节与一位少年相遇。彼此情味相投，但只片刻幸会，随即就分手了。诗人选择相逢又相别的瞬间场面来表现"客恨"，自然地流露出无限的离恨别情，给人以颇深的艺术感染。

如果认为诗中的"客恨"只是一般的离愁别恨，那还未免浅薄。清代徐增认为温庭筠是借客游抒写自己落破江湖的"不遇"之感。

诗的前半阕融情入景，"客恨"的含意还比较含蓄。后半阕借酒消愁，意思就显露得多了。"酒酣夜别淮阴市，月照高楼一曲歌"。"淮阴市"，固然点出话别地点,但主要用意还是借古人的酒杯浇胸中的块垒。这里显然是暗用淮阴侯韩信的故事。韩信年少未得志时,曾乞食漂母,受辱胯下,贻笑于淮阴一市。而后来却征战沙场,成为西汉百万军中的统帅。温庭筠也是才华出众,素有大志,但因其恃才傲物,终不为世用,只落得身世飘零,颇似少年韩信。故"酒酣夜别淮阴市"句,寓意以韩信的襟怀期待自己,向昨天的耻辱告别之意。所以最后在高楼对明月,他和少年知音放歌一曲,以壮志共勉,正表达了一种豪放不羁的情怀。

这首诗善于用典寄托怀抱,且不着痕迹,自然地与写景叙事融为一体,因景见情,含蓄隽永。暗用韩信故事来自述怀抱之后,便引出"月照高楼一曲歌"的壮志豪情。"月照高楼"明写分别地点,是景语,也是情语。四个字点染了高歌而别的背景,展现着一种壮丽明朗的景色。它不同于"月上柳梢"的缠绵,也有别于"晓风残月"的悲凉,而是和慷慨高歌的情调相吻合,字里行间透露出一种豪气。这正是诗人壮志情怀的写照。诗贵有真情。温庭筠多纤丽藻饰之作,而本篇却以峻拔爽朗的面目独标一格,令人耳目一新。

酒酣夜别淮阴市,月照高楼一曲歌。

作者简介

　　李商隐(约 813—858 年)唐代诗人。字义山,号玉溪生,又号樊南子。原籍怀州河内(今河南沁阳),祖辈迁荥阳(今属河南)。初学古文。受牛党令狐楚赏识,入其幕府,并从学骈文。开成二年(837 年),以令狐之力中进士。次年入属李党的泾原节度使王茂元幕府,王爱其才,以女妻之。因此受牛党排挤,辗转于各藩镇幕府,终身不得志。李商隐诗现存约 600 首。

正崇让宅月

密锁重关掩绿苔，廊深阁迥此徘徊。

先知风起月含晕①，尚自露寒花未开。

蝙拂帘旌②终展转③，鼠翻窗网④小惊猜⑤。

背灯⑥独共馀香⑦语，不觉犹歌起夜来⑧。

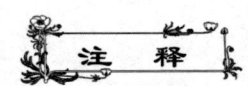

①晕：指月色朦胧。

②帘旌：为帘端之帛，以其形状似旌（旗）故称，这里即指帘子。

③展转：《诗经·周南·关雎》"展转反侧"语，指翻来复去，不能入睡。

④窗网：张挂在窗外檐下以防鸟雀入室的丝织的网。

⑤惊猜：惊醒、猜想，神智已经恍惚，终夜不能成眠。

⑥背灯：诗人向室内四处寻找。

⑦馀香：是指亡妻所遗之香气，闻着馀香，仿佛妻子犹在。

⑧起夜来：是乐府曲调名，《乐府解题》说："《起夜来》，其辞意犹念畴昔思君之来也。"是妻了思念丈夫之辞。此诗不说自己忆念妻子，却说亡妻思念自己，这样从对方来说，其言更加沉痛，更见出自己的忆念之深沉，思情之惨苦。这两句一字一泪，一字一血，读之令人酸鼻。

文学常识丛书

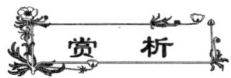

这是诗人悼念亡妻之作。崇让宅是诗人的岳父,诗人和妻子曾在东都洛阳崇让坊的宅邸居住。诗人的妻子卒于大中五年(851年)夏秋间。此诗作于大中十一年正月在洛阳时。

昔日回到崇让宅,见到可爱的妻子,该是多么幸福和欢乐。这次归来,却是触目生悲。宅门牢牢上锁,重重关闭,地上长满青苔,说明久已无人居住,成了废宅;因为寂无一人,回廊楼阁非常冷落,显得特别深迥;妻子已逝,无人与语,诗人只好在这里独自徘徊。

夜幕降临,月忽生晕,不但月光蒙上一层阴影,似有无限哀愁,而且月晕则多风,天气也要变得更加寒冷;露寒见冷,春花也不绽开。

诗的开头两联,首联扣住题中崇让宅,写其荒凉冷落,伤心惨目;颔联扣住题中"正月",写"风露花月,不堪愁对"(清屈复《李义山诗笺注》)。这四句,用环境的凄凉,衬托出诗人心境的凄凉。何焯说:"三四覆装,月晕多风比妻身亡,下句则曾未得富贵开眉也。"(《李义山诗集辑评》)也就是说,这两句是兼用眼前之景,隐喻过去的情事,第三句是说妻子临死之前,诗人已看出不祥的预兆;下句谓王氏婚后,诗人一直穷愁潦倒,生计艰辛,从未使妻子眉目舒展过一日,于内疚中含着深厚的伤悼之情。

悼亡诗,常用的写法是睹物思人,由物见情,或者忆念往事,由事见情。此诗用得则是由景见情的手法,全诗从白天到夜晚,由门外到宅内,再到室中,通过种种环境的层层描写,衬托出诗人悼念妻子的悲痛心情和复杂的内心活动,不叙一事,不发一句议论,情真而深,非常感人。

张采田在他的《玉溪生年谱会笺》中评价此诗称"情深一往,读之增伉俪之重,潘黄门后绝唱也。"

背灯独共馀香语,不觉犹歌起夜来。

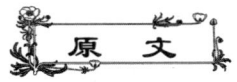

无题·其一

凤尾香罗①薄几重，碧文圆顶②夜深缝。

扇裁③月魄羞难掩，车走雷声语未通。

曾是寂寥金烬暗，断无消息石榴红。

斑骓只系垂杨岸，何处西南任好风。

注　释

①凤尾香罗：凤纹罗；罗：绫的一种。

②顶：指帐顶。

③扇裁：指以团扇掩面。

赏　析

　　这首诗描写了一位女子对爱情相思的苦闷心情。诗的首联写女主人公深夜缝制罗帐，表现了她织着凤尾纹的绫罗薄薄重重；碧纹的圆顶罗帐深夜赶缝。那回邂逅，来不及用团扇掩盖；可新上人驱车隆隆而过，无语相通。真切地表现了对往事的追忆和对会合的深情期待。

　　下联回忆最后一次邂逅的情状，表达了她追思往事时，那种惋惜、怅惘而又深情回味地复杂心情。曾因寂寥不眠，想到更残烛尽；却无你的消息，等到石榴花红。也许你在垂杨岸,栓系斑骓马;怎能等到,送去会你的西南风。诗中写别后的相思寂廖,春光已尽,石榴花开,所思之人断无消息。表达了流光易逝,青春虚度的怅惘和感伤之情。末尾写日夜思念的人,或许相隔非远,只是咫尺天涯,无缘会合罢了。

诗歌活用了曹植的《七哀诗》中"愿为西南风,长逝入君怀"的名句,表达了后会无期之苦。诗中所流露的感情真挚而深厚。看来女主人公似乎是单相思。虽然相思无望,然而追求却十分执着。正是这种纯情,这种痴情,赋予诗歌强烈的感染力。

绝妙佳句

扇裁月魄羞难掩,车走雷声语未通。

文学常识丛书

无题·其二

重帏深下莫愁堂,卧后清宵细细长。

神女^①生涯原是梦,小姑^②居处本无郎。

风波^③不信菱枝弱,月露谁教桂叶香。

直道相思了无益,未妨惆怅是清狂^④。

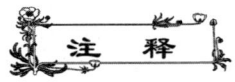

①神女:即宋玉《神女赋》中的巫山神女。

②小姑:古乐府《青溪小姑曲》:"小姑所居,独处无郎。"

③风波:意谓菱枝虽是弱质,却不相信会任凭风波欺负。

④直道两句:意谓即使相思全无好处,但这种惆怅之心,也好算是痴情了。直道:即使,就说。了:完全。清狂:旧注谓不狂之狂,犹今所谓痴情。按狂放解释本也通,但既把诗中人作为女子解,那么还是作痴情解释较切。

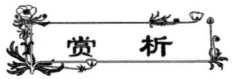

这首诗描写的是女主人公怀伤不遇的身世。开头先写环境氛围的幽静,衬出长夜的孤寂;接着以楚王梦遇巫山神女和乐府《青溪小姑曲》的"小姑所居,独处无郎"的典故,抒写自己曾经有过幻想和追求,但到头来只是

好梦一场，依然独居。重重帷幕深垂，孤女独居空房；翻来覆去难眠，更觉静夜漫长。柔弱菱枝，偏遭风波摧残；铃芳桂叶，却无月露清香。巫山神女艳遇楚王，原是梦幻；青溪小姑幽静住所，独处无郎。

最后写即使如此，还要执着追求。虽然深知沉溺相思，无益健康；却要痴情到底，落个终身清狂。意境深远开阔，措辞婉转沉痛，感情细腻坚贞，是一首很好的爱情诗。

这两首诗，历来有人认为有所寄托。不管是否有寄托，作为爱情诗来读，还是有很高的艺术价值的。

绝妙佳句

直道相思了无益，未妨惆怅是清狂。

作者简介

　　苏轼(1037—1101 年)，字子瞻，号东坡居士，四川眉山人。北宋著名文学家、书画家。诗词开豪放一派，为唐宋八大家之一。苏轼少负才名，博通经史。宋嘉祐二年(1057 年)进士，曾官礼部尚书，翰林学士等职。他一生坎坷，多次被贬官放逐。他在宋神宗时曾受重用，然因新旧党争，屡遭贬抑，出任杭州、密州、徐州、湖州等地方官；又因作诗"讪谤朝政"，被人构陷入狱。出狱后贬黄州。此后几经起落，再贬惠州、琼州，一直远放到儋州(今海南儋县)，从此随缘自适，过着读书作画的晚年生活。直到元符三年(1100 年)宋徽宗即位，他才遇赦北归。苏轼为人正直、旷达，才华横溢，除诗词文赋而外，对书画也很擅长，同蔡襄、黄庭坚、米芾并称"宋四家"。

和子由渑池怀旧①

人生到处知何似？应似飞鸿踏雪泥。

泥上偶然留指爪，鸿飞那复计东西。

老僧已死成新塔②，坏壁无由见旧题③。

往日崎岖君知否？路长人困蹇驴嘶④。

文学常识丛书

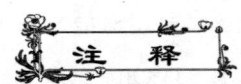
注 释

①子由：苏轼弟苏辙字子由。渑池：今河南渑池县。这首诗是和苏辙《怀渑池寄子瞻兄》而作。

②老僧：即指奉闲。

③据苏辙原诗自注："昔与子瞻应举，过宿县中寺舍，题老僧奉闲之壁。"

④蹇（jiǎn）驴：跛脚的驴。苏轼自注："往岁，马死于二陵（按即崤山，在渑池西），骑驴至渑池。"

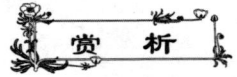
赏 析

苏辙原诗的基调是怀旧，因为他 19 岁时曾被任命为渑池县的主簿（由于考中进士，未到任），嘉佑元年和兄轼随父同往京城应试，又经过这里，有访僧留题之事。所以在诗里写道："曾为县吏民知否？旧宿僧房壁共题。"他觉得，这些经历真是充满了偶然。如果说与渑池没有缘份，为何总是与它发生关联？如果说与渑池有缘分崩离析，为何又无法驻足时间稍长些？这就是苏辙诗中的感慨。而由这些感慨，苏轼更进一步对人生发表了一段议论。这就是诗的前四句。

在苏轼看来，不仅具体的生活行无定踪，整个人生也充满了变数，就像鸿雁在飞行过程中，偶一驻足雪上，留下印迹，而鸿飞雪化，一切又都不复存在。那么，在冥冥中到底有没有一种力量在支配着这种行为呢？如果说，人生是由无数个坐标点所组成的，那么，这些坐标点有没有规律可循？青年苏轼对人生发出了这样的疑问和感喟。

但是，人生有着不可知性，并不意味着人生是盲目的；过去的东西虽已消逝，但并不意味着它不曾存在。就拿崤山道上，骑着蹇驴，在艰难崎岖的山路上颠簸的经历来说，岂不就是一种历练，一种经验，一种人生的财富？

所以，人生虽然无常，但不应该放弃努力；事物虽多具有偶然性，但不应该放弃对必然性的寻求。事实上，若不经过一番艰难困苦，又怎能考取进士，实现抱负呢？这就是苏轼：既深究人生底蕴，又充满乐观向上的态度，他的整个人生观在此得到了缩微的展示。

这首诗的理趣主要体现在前四句上，"雪泥鸿爪"也作为一个成语被后世广泛传诵。但从写作手法上来看，也颇有特色。

纪昀曾评道："前四句单行入律，唐人旧格；而意境恣逸，则东坡之本色。"所谓"唐人旧格"，大致上指崔颢《黄鹤楼》："昔人已乘黄鹤去，此地空余黄鹤楼。黄鹤一去不复返，白云千载空悠悠。"作为七律，三、四两句本该对仗，此却一意直下，不作讲求。苏轼的"泥上"二句，也可算是对仗，但其文意承上直说，本身也带有承接关系，所以是"单行入律"。"意境恣逸"的意思,就是不仅字面上飘逸,行文中有气势,而且内涵丰富,耐人寻味,不求工而自工。这正是苏轼的"本色"。

绝妙佳句

人生到处知何似? 应似飞鸿踏雪泥。

作者简介

王安石(1021—1086 年),字介甫,号半山,临川人。宋神宗时宰相。他力主创新法,改革旧政,是一个进步的政治家。文学上的主要成就在诗文方面。其特点是能够"一洗陈旧风习",不受当时绮靡风气的影响。今传《临川先生歌曲》。

泊 船 瓜 洲①

京口②瓜洲一水间,钟山只隔数重山。

春风又绿江南岸,明月何时照我还③?

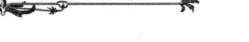

注 释

①瓜洲:在现在江苏省长江北岸,扬州市南面。

②京口:在长江南岸,现在的江苏省镇江市。

③还:指的是回到紫金山下的家里。

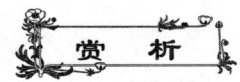

赏 析

这是一首极为著名的抒情小诗,千百年来一直被广大人民群众所传诵。她抒发了诗人眺望江南、思念家园的深切感情。诗以"泊船瓜洲"为题,点明诗人的立足点。首句"京口瓜洲一水间"写了望中之景,诗人站在瓜洲渡口,放眼南望,看到了南边岸上的"京口"与"瓜洲"这么近,中间隔一条江水。由此诗人联想到家园所在的钟山也只隔几层山了,也不远了。次句"钟山只隔数层山"暗示诗人归心似箭的心情。

第三句为写景,是本诗的点睛之笔,点出了时令已经春天,描绘了长江南岸的景色。"绿"字是吹绿的意思,是使动用法,用得绝妙。传说王安石为用好这个字改动了十多次,从"到""过""入""满"等十多个动词中最后选定了"绿"字。因为其他文字只表达春风的到来,却没表现春天到来后千里江岸一片新绿的景物变化。结句"明月何时照我还",诗人眺望已久,不觉皓月初上,诗人用疑问的句式,想象出一幅"明月""照我还"的画面,进一步表现诗人思念家园的心情。

　　本诗从字面上看,流露着对故乡的怀念之情,大有急欲飞舟渡江回家和亲人团聚的愿望。其实,在字里行间也寓着他重返政治舞台、推行新政的强烈欲望。

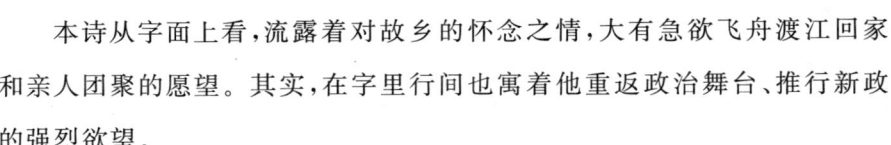

　　春风又绿江南岸,明月何时照我还?

作者简介

　　武元衡(758—815 年),字伯苍,河南缑氏人。建中四年,登进士第,累辟使府,至监察御史。元和二年(807 年)任门下侍郎、同中书门下平章事。后出为剑南西川节度使。元和八年复为宰相。有《临淮集》十卷,今编诗二卷。

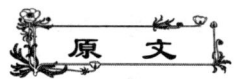

春 兴

杨柳阴阴细雨晴，残花落尽见流莺①。
春风一夜吹乡梦，又逐春风到洛城②。

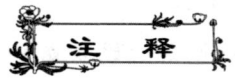

①流莺：树上的黄莺。
②洛城：即洛阳。

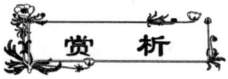

　　唐代诗人写过许多出色的思乡之作。悠悠乡思，常因特定的情景所触发；又往往进一步发展成为悠悠归梦。武元衡这首《春兴》，就是春景、乡思、归梦三位一体的佳作。

　　题目"春兴"，指因春天的景物而触发的感情，诗的开头两句，就从春天的景物写起。

　　"杨柳阴阴细雨晴，残花落尽见流莺。"这是一个细雨初晴的春日。杨柳的颜色已经由初春的鹅黄嫩绿转为一片翠绿，枝头的残花已经在雨中落尽，露出了在树上啼鸣的流莺。这是一幅典型的暮春景物图画。两句中雨晴与柳暗、花尽与莺见之间又存在着因果联系——"柳色雨中深"，细雨的洒洗，使柳色变得深暗了；"莺语花底滑"，落尽残花，方露出流莺的身姿，从中透露出一种美好的春天景物即将消逝的意象。异乡的春天已经在柳暗花残中悄然逝去，故乡的春色此时想必也凋零阑珊了吧。那漂荡流转的流莺，更容易触动羁泊异乡的情怀。触景生情，悠悠乡思便不可抑止地产生了。

"春风一夜吹乡梦，又逐春风到洛城。"这是两个出语平易自然，而想象却非常新奇、意境也非常美妙的诗句。上句写春风吹梦，下句写梦逐春风，一"吹"一"逐"，都很富有表现力。它使人联想到，那和煦的春风，像是给入眠的思乡者不断吹送故乡春天的信息，这才酿就了一夜的思乡之梦。而这一夜的思乡之梦，又随着春风的踪迹，飘飘荡荡，越过千里关山，来到日思夜想的故乡——洛阳城（武元衡的家乡是在洛阳附近的缑氏县年）。在诗人笔下，春风变得特别多情，它仿佛理解诗人的乡思，特意来殷勤吹送乡梦，为乡梦做伴引路；而无形的乡梦，也似乎变成了有形的缕缕丝絮，抽象的主观情思，完全被形象化了。

不难发现，在整首诗中，"春"扮演了一个贯串始终的角色。它触发乡思，引动乡梦，吹送归梦，无所不在。由于春色春风的熏染，这本来不免带有伤感怅惘情调的乡思乡梦，也似乎渗透了春的温馨明丽色彩，而略无沉重悲伤之感了。诗人的想象是新奇的。在诗人的意念中，这种随春风而生、逐春风而归的梦，是一种心灵的慰藉和美的享受，末句的"又"字，不但透露出乡思的深切，也流露了诗人对美好梦境的欣喜愉悦。

这首诗所写的情事本极平常：看到暮春景色，触动了乡思，在一夜春风的吹拂下，做了一个还乡之梦。而诗人却在这平常的生活中提炼出一首美好的诗来，在这里，艺术的想象无疑起了决定性的作用。

绝妙佳句

春风一夜吹乡梦，又逐春风到洛城。

作者简介

　　黄景仁(1749—1783 年)字仲则,一字汉镛,晚号鹿非子,江苏武进人。四岁丧父,家贫力学。16 岁参加常州府童子试获第一名秀才。乾隆三十六年春,客居太平府沈业富署中,冬入安徽学政使院校文。在当涂生活前后五年,创作六十余首诗篇。著有《两当轩集》。

别老母

搴帷^①拜母河梁去，白发愁看泪眼枯。

惨惨^②柴门风雪夜，此时有子不如无。

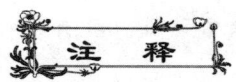

①搴帷(qiān wéi)：搴，即提起、撩起；帷，即帐子帘子。

②惨惨：凄惨。

黄景仁短暂的一生，大都是在贫病愁苦中度过的。所作诗歌，多抒发穷愁不遇、寂寞凄怆的情怀。他的诗作最大特点是用情极深，无论是缠绵悱恻抑或是抑塞愤慨之情，都写得深入沉挚，使人回肠荡气，极受感动。其次是语言清切，他善用白描，诗中扫尽浮泛陈旧之词，语句真切，而且有一种清新迥拔之气，凌然纸上。其三是音调极佳，悠扬激楚，特别动人。

这是一首七绝。乾隆三十六年(1771 年)，黄景仁曾到安徽学政朱筠手下当幕客，临行与寡母告别，作有《别老母》。诗人说，揭开门帘拜别母亲，我要去河梁谋生。我看着白发苍苍的母亲，我泪眼干枯。在这风雪飘飞的夜晚，柴草的屋中十分寒冷，母亲还在受冻，此时此景，有儿子还不如无儿子。这首诗借与母亲告别的场面,写出了儿子依恋母亲之心、愧为人子之情。

"惨惨柴门风雪夜,此时有子不如无"二句读罢令人内心一惊。他站在老母亲的角度,写出了"此时有子不如无"的心痛之句,这样的诗句不是他绞尽脑汁经营出来的,而是深深的"感触"。

为了生活,多少的亲情、恩情都无法顾全,人间就是这么的现实,也是如此的无奈。情真意切,悲伤自字底流出,难以抑制,读来令人唏嘘。

惨惨柴门风雪夜,此时有子不如无。